© 2017 by :TRANSIT Buchverlag
Postfach 121111 | 10605 Berlin
www.transit-verlag.de

Umschlaggestaltung und Layout:
Gudrun Fröba
Druck und Bindung:
CPI Group Deutschland
ISBN 978-3-88747-348-8

Dietmar Sous

SAN TROPEZ

Roman

: TRANSIT

für Win

INHALT

ICH

bin schuld, dass zwei Freunde von mir nicht mehr am Leben sind. Genau genommen ein Fast-Freund und ein Bekannter, meinetwegen: ein guter Bekannter. Ich habe sie, wie man so schön sagt, auf dem Gewissen.

Einen Grund, sich zu stellen, gibt es nicht. Romanhelden und schwermütige Hollywoodfiguren würden das dennoch tun. Ich bin da nicht so zimperlich. Was nicht heißt, dass mir die Sache gleichgültig wäre.

Kein Staatsanwalt hat mich zur Fahndung ausgeschrieben, keine Mordkommission muss sich wegen mir die Nächte um die Ohren schlagen. Die Zeitungen schweigen sich aus; selbst das Blatt, das auf Mord und Totschlag spezialisiert ist, hält, was mich betrifft, das Maul. Es wurde ja auch kein Bremskabel durchtrennt, Gebrauch von Schuss- oder Stichwaffen fand nicht statt. Kein Schlagring traf auf einen arglosen Schädel. Falls überhaupt, war Gift nur im übertragenen Sinn im Spiel.

Auf einen Freispruch kann ich trotzdem nicht hoffen.

MITCH

Da war ein großes Ypsilon am Himmel. Dünner Regen fiel. Ich erkannte den Mann vor der Haustür sofort. Er sah immer noch aus wie jemand, der in seinem ganzen Leben keine Schaufel in die Hand nehmen würde. Mit verklärtem Blick schaute er den Zugvögeln nach. Sein Begleiter, eine schwarz-weiß gefleckte Dogge, schmatzte und machte ein Gesicht, das auf den IQ einer Stechmücke schließen ließ.

»Was willst du?«, sagte ich.

»Einen Kaffee. Mit viel Milch und einem Hauch Zucker. Und schönen guten Tag, übrigens.«

Mein Herz schlug schnell. Widerwillig ließ ich die beiden rein. Der Hund hieß Boris und roch penetrant nach Köter. Er gehörte Mitchs Schwester, die für zwei Wochen nach New York geflogen war. Mitch hüte zurzeit Haus und Hund, plauderte er los.

Boris setzte sich auf seinen fetten Hintern und himmelte den stellvertretenden Chef an.

»Schönes Tier, oder?«, sagte Mitch.

»Wunderschön«, antwortete ich. »Da fällt ne Menge Fleisch an. Im China-Restaurant haben sie immer Bedarf. Zweite Straße rechts.«

Mitch lächelte süßsauer.

»Wäre schade um den Kerl. Er ist sehr gelehrig. Wir trainieren jeden Tag.«

»Was trainiert ihr denn? Besonders dumm aus der Wäsche schauen?«

»Personenschutz«, sagte Mitch wichtig. Er legte sein Handy und eine Packung Zigaretten auf den Tisch und inspizierte die in die Jahre gekommene Küche, dabei zog er seine Lederjacke aus, ließ sie achtlos auf den Boden fallen. Den schwarzen Hut nahm er nicht ab. Vielleicht hatte er Haarprobleme. Ich hätte sie ihm gewünscht.

Das Handy klimperte die Anfangstakte eines Kraftwerk-Songs. *Das Model.* Mitch straffte sich und wurde gleich energisch. In akzentfreiem Englisch sagte er, die USA sollten verdammt noch mal warten, er wünsche nicht, gestört zu werden. Im Übrigen seien McGuinness und Flint für den Fall zuständig, und falls die es nicht auf die Reihe kriegten, aber nur dann, dürfe ein Phil Appelbe in der Tottenham Court Road kontaktiert werden. Over and out!

Wohl aus Stolz auf sein weltgewandtes, sprachbegabtes Ersatz-Herrchen kriegte Boris eine mächtige Erektion. Mitch tätschelte den Nacken des Viehs und lächelte nachsichtig. Als er damit fertig war, bot er mir eine Zigarette an. Immer noch diese filterlosen französischen, die nach Ziegenscheiße riechen.

»Seit fünfunddreißig Jahren nicht mehr«, sagte ich.

»Wahnsinn, fünfunddreißig Jahre!«, sagte Mitch und glättete sein fast knielanges weißes Hemd, bevor er mich an den Kaffee erinnerte. Unschlüssig wischte ich einen Brotkrümel vom Tisch, schwankte zwischen passivem Widerstand und zähneknirschender Kollaboration.

Mitch. Im letzten Jahr auf dem Gymnasium fuhr er samstags mit Vatis Mercedes vor. Im Sommer ohne Verdeck. Kippe im Mundwinkel, der linke Arm hing raus, Radio voll aufgedreht. Auf dem Beifahrersitz oft Mädchen, an die schwer bis unmöglich ranzukommen war. Ehrenrunden um den Schulparkplatz, Hupkonzert. Die Frage *Was kostet die Welt?* wurde von Mitch erfunden.

Er hatte schon ein Fahrrad mit Rennradlenker, als wir anderen im Viertel noch mit Tretrollern kämpften. Mitch fuhr gern freihändig, pfiff dabei den neuesten Schlager. Als ich endlich ein Rad hatte, ohne gebogenen Lenker, hob ich auch die Hände in die Luft. Seitdem klafft eine Lücke zwischen meinen oberen Vorderzähnen, auf die ich pfeifen könnte.

Mitch bearbeitete Boris' Ohren, als hinge sein Leben davon ab. Wie zu sich selbst sagte er: »Waren das gerade Kraniche oder Wildgänse?«

Er nahm seinen Hut ab. Dichtes, kaum ergrautes Haar. Er hatte Chancen, mit dem mittleren Alain Delon verwechselt zu werden.

Boris' Ständer schrumpfte endlich. Ich putzte mir die Nase. Mitch betrachtete seine Halbstiefel aus Schlangenleder. Mit meinen Hausschuhen aus braunem Cord stand ich auf verlorenem Posten. Die Stille zog sich.

Anscheinend hatte Mitch zwischen Sohle, halbhohem Absatz und Klettverschluss ein neues Gesprächsthema entdeckt.

»Wer wird denn deutscher Meister dieses Jahr? Der HSV oder Gladbach?«

»Der VfL Bochum.«

»Freut mich. Die Leute aus dem Ruhrgebiet sind so authentisch. Und einen Humor haben die, extratrocken!«

Mitch hatte schon damals keine Ahnung von Fußball, dafür angeblich umso mehr vom Vögeln. Mit achtzehn prahlte er damit, bei seinen Besuchen im Puff, die er eigentlich nicht nötig habe, wie er betonte, seien ihm noch nie Kosten entstanden.

Weil er es ihnen so grandios besorgte, hätten die Frauen auf Bezahlung verzichtet.

»Was willst du?«, fragte ich wieder.

»Fünfhunderttausend Euro. Bist du dabei?«

Helen kam vom Einkaufen zurück.

»Du?«, sagte sie und befreite sich von Gemüse und einer Familienpackung Papiertaschentücher. Sie musterte den Besucher von oben bis unten.

»Hast dich gut gehalten, Mitch.«

Da war etwas Zärtliches in ihrem Blick, das mir Angst machte. Die beiden umarmten sich, redeten laut durcheinander. Helen war immer noch eine attraktive Frau. Manchmal vergaß ich das. Mitch nannte sie Baby, und ihm fielen siebenundsiebzig Komplimente ein. Und wieder drückte er sie und ihre herrliche Oberweite an sich.

Boris gefiel dieses Treiben genau so wenig wie mir. Er verengte die Augen, knurrte. Um Helen und das Herrchen auf Zeit darauf aufmerksam zu machen, dass es mich auch noch gab, sagte ich: »Eine halbe Million, Mitch? Willst du eine Bank überfallen?«

Helen löste sich aus der Umarmung. Sie strich über ihre Haare und sagte: »Was redest du da?«

»Ein Scherz«, sagte Mitch.

»Sehr witzig.«

Helen schien einen Moment lang verärgert zu sein, dann kehrte ihr Strahlen zurück, für das Boris und ich nicht viel übrig hatten.

»Kaffee, Mitch? Mit viel Milch und einem Hauch Zucker?«

Ich strafte Helen mit Blicken, gegen die sie lächelnd Berufung einlegte. Ich fragte mich, ob ich mich auch gut gehalten hatte.

Helen führte den Gast ins Wohnzimmer und forderte mich auf, eine Schallplatte aufzulegen.

Von dem Gute-Laune-Zeug aus dem Küchenradio abgesehen, hörten wir nicht viel Musik. Schon gar nicht Platten. Hin und wieder mal mal eine ruhige CD an Abenden, wenn Regenwetter und nichts im Fernsehen war.

Ich konnte mich nicht erinnern, wann ich die letzte Scheibe aus einer Hülle genommen hatte. Der Plattenteller drehte sich bestimmt nicht mehr, war eingerostet, verharzt. Doch Helen wollte es unbedingt stimmungsvoll haben und erhöhte den Druck aus der Küche heraus, wo sie für Mitch Kaffeewasser in Wallung brachte.

»Die von David Bowie, du weißt schon.«

Der Plattenspieler funktionierte. Boris zu Füßen, redete Mitch über seine Berliner Jahre Anfang der Achtziger. Damals gab es noch die Wehrpflicht und die DDR, und wer seinen Wohnsitz im Westteil der Stadt hatte, war von Militär und Zivildienst befreit. Mitch nutzte das clever aus. Beim Kellnern lernte er die Einstürzenden Neubauten kennen, und fast wäre er bei denen eingestiegen, aber London rief. An seinem zweiten Abend dort entdeckte ihn die Modekönigin Vivienne Westwood, die meinte, jemand mit seinem Aussehen gehöre unbedingt in die Klamotten-Branche. Mitch arbeitete als Model, weltweit, und schon bald entwarf er selbst mit großem Erfolg Kleider für die betuchte Dame. Frech, mitunter avantgardistisch, aber immer tragbar, war sein Prinzip.

Boris hing an Mitchs Lippen.

Der Modeschöpfer schlürfte Kaffee, schloss genießerisch die Augen. Sein Handy öffnete sie ihm wieder.

»Tempo, Mitch«, rief Helen. »Die Queen. Hat bestimmt wieder nichts anzuziehn.«

Die Ironie in ihrem feinen Reim war nicht zu überhören. Mitch überhörte sie: er nickte ohne den Anflug eines Lächelns. Zwei Minuten später waren er und Boris aus dem Haus. Allerdings drohte Mitch mit Wiedersehen. Das würde ich zu verhindern wissen. Sein Gerede von der halben Million nahm ich nicht ernst. Die übliche Wichtigtuerei.

Beschwingt wegen des unverhofft schnellen Abgangs der Besucher, sang ich bei *Ashes to Ashes* für Bowie die zweite Stimme, womit ich Helen zum Lachen brachte. Das passierte auch nicht jeden Tag.

DAVE

Mitte Juli 1979, nach den Ereignissen in Südfrankreich, sagten Mitch und ich uns vom progressiven Rock los, von Räucherstäbchen, Joints und marokkanischen Sitzkissen. Davor hatten wir einen gemeinsamen Lieblingssong. *San Tropez* von Pink Floyd. Er war anders als das, was die Band sonst spielte. Das Lied war nicht mal vier Minuten lang und ungewohnt lässig, ohne psychedelische Angebereien. Melancholisch und ein bisschen geheimnisvoll. Eine Einladung zum Schlendern, Schweifen. Ein Versprechen. Wie ein kühler Hauch bei fünfunddreißig Grad. Leichtes Leben, am Strand liegen, träge und betäubt und ohne Sorgen. Bikinis und Sonnenbrillen, Malerlicht von früh bis spät. Dass Saint Tropez überlaufen war von Schwerreichen, Prominenten und ihren Bewunderern, wussten wir. Es war uns egal. Wir wollten da hin, unbedingt. Den Song erleben. *San Tropez*.

Am Abend vor der Abreise fuhr ich zu meinem Opa. Er hatte angerufen, was selten geschah. Das Telefon war für ihn eine Erfindung, der er misstraute, die er nicht richtig verstand. Deshalb schrie er immer in den Hörer. Ich solle vorbeikommen, er habe was für mich.

Besuche bei ihm waren für mich eine Qual. Er brauchte nur meine Fransenjacke mit den indianischen Stickereien zu sehen, schon hieß es: »Ist schon wieder Karneval?«

Wenn ich was von mir erzählte, von meinen Ansichten und Plänen, ließ er mich spüren, dass er jedes Wort für die Hirngespinste eines langhaarigen Vollidioten hielt. Mehr als einmal prophezeite er mir eine Karriere als Schiffschaukelbremser, Kesselflicker, Scherenschleifer. Dabei hatte er selber Flausen im Kopf. Er schwärmte von der Arbeiterklasse und dem Sieg des Proletariats über die Ausbeuter und Parasiten.

Der Alte saß in seinem Fernsehsessel und kriegte schlecht Luft. Auf dem Bildschirm bereitete sich ein sowjetischer Stabhochspringer auf seinen Einsatz vor.

»Hab gehört, du willst zu den den Millionären von Sankt Tropez. Da bist du ja richtig.«

Er sprach Tropez wie Trapez mit o aus.

»Als ich so alt war wie du, wär ich da nur zum Bombenlegen runtergefahren.«

Er kämpfte sich aus dem Sessel und ging ins Nebenzimmer, wo, wie jeder in der Familie wusste, seine Flaschen und Gläser warteten. Der Sportler aus der Sowjetunion ballte triumphierend die Fäuste. Er hatte gesiegt, für die Arbeiterklasse und meinen Opa.

Als der zurückkam, hatte er wässrige gerötete Augen und einen Briefumschlag in der Hand. Der war für mich.

»Lass die Puppen tanzen. Aber ordentlich. Und schreib mir ne Karte, wenn du Zeit dazu hast.«

Am nächsten Tag stand ich um sieben Uhr morgens an der Autobahn Richtung Frankreich. Mitch verspätete sich natürlich. Mir tat schon jetzt der Rücken weh, ich hatte zuviel in meinen

Rucksack gepackt. Schlecht geschlafen hatte ich auch und den Blues. Ich bereute, dass wir uns diesen Bonzenort in Südfrankreich ausgesucht hatten. Da passten wir doch gar nicht hin, außerdem konnten wir kein Französisch. Mit Latein und Altgriechisch würden wir kaum was reißen. Der Franzose sprach auch kein Englisch, von Deutsch ganz zu schweigen, hatten wir im Unterricht gelernt. Dann die lange Reise, über zwölfhundert Kilometer. Alles nur wegen diesem blöden Lied. Viel lieber wäre ich jetzt nach Amsterdam getrampt. Ein Katzensprung.

Als Mitch auch um zwanzig nach sieben noch nicht aufgetaucht war, wuchs meine Hoffnung auf ein gutes Ende. Vielleicht war er über Nacht krank geworden. Sommergrippe, Magen-Darm.

Ein Cabrio-Fahrer raste mit fliegenden Haaren vorbei. Er warf mir eine leere Cola-Dose vor die Füße. Ein Lkw drängte mich in den Straßengraben. Es sah nach Regen aus. Ich tastete nach meinem Brustbeutel. Er war noch da. Mein Opa, der sonst regelmäßig Weihnachten und meinen Geburtstag vergaß, hatte mir fünfhundert Mark geschenkt, zehn Fünfzigerscheine. Das Kuvert durfte ich erst zu Hause öffnen. Der Alte hatte sich einen Ausbruch von Dankbarkeit ersparen wollen.

Da kam Mitch lässig schlurfend und mit zwei Plastiktüten als Rucksack-Ersatz. Er war nicht allein. Sie hieß Biggi. Dunkelhaarig, lange Beine. Genau mein Typ. Sie und Mitch sahen übernächtigt aus. Sie hatten sich erst vor ein paar Stunden kennengelernt, gab Mitch bekannt. Ich starrte ihn wütend an. Von einer Reise zu dritt war nie die Rede gewesen.

Biggis Reisegepäck bestand aus ihrer Handtasche. Mitch sagte, Biggi sei die Klassenbeste in Französisch. Davon würden wir profitieren.

»Naja, die Zweitbeste«, sagte sie. Auch ihre Stimme gefiel mir.

Mitch hielt den Daumen in den Wind. Eine Lkw-Kolonne rauschte vorbei. Biggi gähnte, rauchte und kaute Kaugummi. Sie holte Taschenspiegel und Kajalstift aus ihrer Handtasche. Mitch machte sich über meinen Schlafsack lustig. Völlig überflüssig sei der. Spießig. Mitch hatte den Reiseführer seiner Eltern überflogen. Bei Nachttemperaturen von über fünfundzwanzig Grad legte man sich einfach an den Strand und fertig.

Ein verbeulter VW hielt. Mitch stieß einen Jubelschrei aus. Der Fahrer wollte zwar nicht zur Côte d' Azur, aber immerhin nach Paris.

»Zwei von euch kann ich mitnehmen«, sagte er.

Mitch verhandelte ein bisschen herum, dann fragte er mich, was wir tun sollten.

»Du kannst entscheiden«, sagte er nobel. Der Fahrer hupte ungeduldig.

»Haut schon ab«, sagte ich.

»Okay«, rief Mitch und riss die Beifahrertür auf. »Morgen oder übermorgen im Café Sénéquier. Im Yachthafen. Kennt da jeder. Abgemacht?«

Es regnete immer noch nicht, aber ich ging trotzdem weg von der Autobahn. In Klein Mexiko, zwischen Bahnhof und Straßenstrich, würde ich einen Teil meiner Fünfziger in eine Pistole und ein paar Schuss Munition investieren und dann auf Mitch warten. Anschließend Flucht nach Amsterdam und dort vom Restgeld wenigstens eine Puppe tanzen lassen.

Als ich eine halbe Stunde später aus dem Bus stieg, hatte ich einen neuen Plan.

Der Mann am Fahrkartenschalter blätterte hin und her in seinem Kursbuch, eine Zigarette zwischen den Lippen. Hinter mir bildete sich eine Warteschlange.

»Keine direkte Zugverbindung«, sagte der Kartenverkäufer und lächelte, als sei das eine gute Nachricht. Saint Tropez habe keinen Bahnhof. Ich müsse erst nach Lüttich, von dort weiter über Brüssel nach Paris, Umstieg nach Marseille, die letzte Etappe mit Bummelzug, Bus oder Schiff. Er warf einen Blick auf seine Uhr. Mit etwas Glück sei ich gegen Mitternacht am Ziel.

»Mit etwas Pech«, fügte er hinzu und lächelte wieder, »erst sehr viel später.«

Dann wollte ich lieber doch nicht, das war mir zu umständlich.

»Einfach oder zurück?«

Ich schüttelte den Kopf und sagte nein. Anscheinend hatte der Mann mich falsch verstanden, weil er außer mir noch seinen bellenden Husten bedienen musste.

»Also einfach.«

Der Fahrkartendrucker wurde in Bewegung gesetzt.

Kurz hinter Aachen kontrollierten deutsche Zöllner Pässe und Gepäck, dann kamen die Belgier. In puncto Freundlichkeit schienen sie alle bei ihren DDR-Kollegen in die Lehre gegangen zu sein. Deren ungemütliche Bekanntschaft hatte ich im vergangenen Jahr auf der Klassenfahrt nach Berlin gemacht.

Ich teilte mir ein Raucherabteil mit Ralf und Rolf. Die kamen aus Recklinghausen und waren Zwillinge, was man ihnen nicht ansah. Der eine rothaarig, der andere blond. Sie mussten nach Nizza, vier Wochen Sprachschule, Training für das Abi im nächsten Jahr.

Erst einmal trainierten sie das Saufen. Aus Höflichkeit nahm ich einen Schluck auf nüchternen Magen. Für Musik war auch gesorgt. Die beiden hatten einen batteriegetriebenen Kassettenrecorder dabei, der *Moon Child* von King Crimson spielte. Ralf schüttelte seine roten Haare und schimpfte über die Punkbands, die zurzeit grassierten.

»Alles Nazis. Hast du die Fotos gesehen mit den Hakenkreuzen?«

»Nichtskönner«, ergänzte Rolf. »Drei Akkorde, allerhöchstens.«

Beide bewunderten meine bestickte Fransenjacke. Ich behauptete, sie unter geheimnisvollen Umständen einem echten Indianerhäuptling abgekauft zu haben. Der Kassettenrecorder spielte schon wieder *Moon Child*.

»Kann man nicht oft genug hören«, sagte Ralf.

Von Paris sah ich nur Beton, Müll, Werbeplakate und einen Afrikaner, der auf seine Bongos einschlug und uns Flüche hinterherrief, weil wir kein Geld in seinen offenen Koffer warfen. Wir hatten gerade mal eine halbe Stunde, um vom Gare du Nord zum Gare de Lyon zu kommen. Obwohl angetrunken, fanden sich die Zwillinge im Labyrinth aus Sackbahnhöfen und U-Bahnstationen zurecht. Es waren ihre dritten Sprachferien in Nizza. Ich tastete nach meinem Brustbeutel. Er und die übrig gebliebenen Fünfziger waren noch da.

Im letzten Waggon nach Marseille fanden wir ein Abteil für uns allein. Ralf startete den Kassettenrecorder. *Moon Child*.

»Jetzt wird's grausam«, sagte Rolf. »Achthundertfünfzig Kilometer immer nur geradeaus.«

»Was hältst du von ein paar Greenies?«, antwortete sein Bruder. Wir schossen durch einen Tunnel. *Moon Child*.

»Qualität bleibt eben Qualität«, sagte Rolf.

Greenies machten schöne Träume und verkürzten die langweilige Reisezeit. Die Brüder nahmen jeweils fünf, mir empfahlen sie drei. Ich wollte aber keine Anfängerdosis mit halbschönen Träumen.

Ein Wald flog vorbei. Unvermittelt zählte Rolf Namen von Zechen aus dem Kreis Recklinghausen auf.

»Graf Schwerin, Graf Moltke, Baldur, König Ludwig, Auguste Victoria, Emscher-Lippe.«

»Ewald und Ewald Fortsetzung,«, ergänzte Ralf.

»Furzsitzung?«, sagte sein Bruder. »Hast du Furzsitzung gesagt?«

Die beiden kriegten sich nicht ein vor Lachen und steckten mich damit an. Wir krümmten uns, drohten zu platzen und zu ersticken, zerknautschte Gesichter, Jaulen und Kreischen, bis eine Ampel von Türkis auf Violett umsprang und die Achterbahn mit zweihundert Sachen losfuhr. Ich suchte nach Halt, fand keinen, fing an zu schwitzen. Aus der Achterbahn wurde eine Zwölferbahn. Mein Sitz drehte sich wie eine Astronauten-Zentrifuge. Ich flog durch das Abteildach, Richtung Pluto, hörte ich jemanden mit piepsiger Stimme sagen, als erster Mensch, ausgerechnet ich. Ralf und Rolf übernahmen die Kommandozentrale und gaben mir Koordinaten durch. Mein Herz schlug wie ein Hammerwerk, bis mir das Mondkind um die Ohren flog und in alle Einzelteile zerbrach.

Jemand schüttelte mich, redete auf mich ein. Ich verstand kein Wort, blieb liegen, wo ich lag, tonnenschwer und das Gehen verlernt. Rührte keinen Finger, Toter Mann. Ich konnte nicht mal bis null zählen. Im Hintergrund falsches Lachen. Das Meer rauschte wie eine ewige Toilettenspülung. Überall Sand. Zwischen den Zähnen, auf der Zunge, in meiner Nase. Wunde Augen, Haare wie zementiert.

Alles tat weh, als ich mir quälend langsam auf die Beine half. Neben mir wälzte sich eine giftige Autoschlange. Meine Kopfschmerzen waren so stark, dass das Wort Enthauptung seinen Schrecken verlor. Die Sonne stach und stach. Mir war kalt. Ich schleppte mich und hielt dabei mein Gesicht fest, damit es in der Hitze nicht zerlief.

Vor der Kaimauer parkten Harleys und Ferraris im Dutzend. Das Café Sénéquier war ganz in Rot getaucht, der Rest des Hafens ertrank in Pastell. Ich stahl Trinkgeld, das auf einem Tisch lag, hielt mich mit zurückgelassenen Brocken und Pfützen über Wasser. Kellner wünschten mich in drei Sprachen zur Hölle, dabei war ich doch längst da. Mein Geld war weg, verschwunden auch Schlaf- und Rucksack und meine indianische Fransenjacke aus Wildleder. Außerdem fehlten mir die letzten fünfhundert Kilometer der Reise.

Im Hafen Yacht an Yacht. Geldkönige tafelten mit straffen Prinzessinnen. Sie hielten Hof, feierten sich, als wäre die Französische Revolution nur ein Gerücht und die Guillotine ein Gruselmärchen. Dienerinnen polierten und tischten auf. Wenn ein neuer Gang serviert wurde, klatschten viele Zuschauer. Fotografen und Knipser rissen sich um einen günstigen Platz.

Mitch umarmte mich, fragte aber nicht, wie es mir ergangen war, was ich erlebt hatte auf meiner Tour. Während Biggi sich drinnen im Café frisch machte, prahlte er mit seinen Leistungen, nachts und nackt am Strand.

Mitch trug einen Pferdeschwanz, weil Biggi das toll fand. Und er interessierte sich nun auch für Politik. Atomkraftwerke, Nicaragua und so weiter. Biggi war bei den Jusos.

Ein Tisch wurde frei. Biggi kam neu eingekleidet zurück. Das T-Shirt mit Ausschnitt und der kurze Rock betonten ihre gute Figur. Sie hatte die Sachen von einer Wäscheleine geklaut.

Mitch wollte es genauso machen. Er hatte sein Gepäck am Strand vergessen, dann war die Flut gekommen. Mitch ärgerte sich nicht deswegen. Geld besaß er auch keins mehr, weil es bei einem Kerzenlicht-Dinner mit Biggi draufgegangen war.

»In einem Château aus dem siebzehnten Jahrhundert«, schwärmte Biggi. »Überall Gemälde und Gold und dicke Teppiche. Kellner, die uns bedienten wie Staatsgäste, obwohl wir aussahen wie Clochards. Du glaubst es nicht!«

Mitch hatte das hochnäsige Personal mit Geldscheinen gnädig gestimmt und vier Gänge geordert. Ihm musste viel an Biggi liegen. Sonst war er nicht so großzügig.

»I'm free!«, schrie er jetzt mit ausgebreiteten Armen wie ein Hippie-Guru. »Absolutely free!«

Einige Leute wandten ihren Blick von den Yachten ab und schenkten Mitch ein bisschen Aufmerksamkeit. Ich fuhr mir mit den Händen durch meine Haare, fegte eine Million Sandkörner weg. Biggi forderte Mitch auf, die Schreitherapie zu beenden. Gehorsam setzte er sich hin, blinzelte lächelnd in die Sonne.

»Da vorne«, sagte Biggi verschwörerisch, aber viel zu laut für eine Erfolg versprechende Verschwörung, »da sitzt Dave, oder? Der Typ mit dem unglaublichen Hemd und der Zehntausend-Dollar-Sonnenbrille. Oh mein Gott, ich glaub, er ist es wirklich!«

»Dave?«, fragte ich.

»Frag nicht so blöd«, sagte Biggi ungehalten. »Am liebsten würd ich da jetzt hingehn und ihn anquatschen.«

»Bist du bescheuert, total peinlich«, sagte ich.

»Dave will bestimmt seine Ruhe haben«, sagte Mitch beschwichtigend. »Vielleicht denkt er gerade über einen neuen Song nach.«

Er streichelte Biggis sonnenverwöhnten Arm. Sie entzog sich abrupt und sagte: »Ich geh da jetzt hin und quatsch ihn an!«

David Gilmour. Der Gitarrist von Pink Floyd. Der Mann, der *Wish you were here* geschrieben und gesungen hatte. Jahrelang hatte ich auf meiner Luftgitarre seine Soli nachgespielt, alle seine Platten gekauft, und jetzt saß er plötzlich neben mir.

Aber keine Spur von Star-Allüren. Nicht die Bohne. Er lud uns an seinen Tisch ein. Trotz hundert Goldener Schallplatten, trotz Privatstrand und Hubschrauberlandeplatz, von denen wir gelesen hatten, wirkte er verlegen. Er zupfte an seinen langen Haaren, fasste sich an den Bügel seiner Platinsonnenbrille. Als ich ihm sagte, wir seien wegen des Songs *San Tropez* hier, bedankte er sich artig und sagte: »Ein nettes Liedchen. Nichts Weltbewegendes.«

Wir tranken Bier auf Daves Kosten. Er sagte, er hasse Champagner und die Oberschicht. Ehrlicherweise sei das zwar sein Heimathafen, wie er sich ausdrückte, doch sein Herz gehöre der Arbeiterklasse, den Zimmermännern und Zimmermädchen, den mies bezahlten Krankenschwestern. Mitch und ich nickten andächtig, Biggi fragte in geschliffenem Schulenglisch, ob sie Daves Sonnenbrille mal kurz aufsetzen dürfe. Biggi durfte, die Brille passte.

»Behalt sie«, sagte Dave.

Er wollte uns Cannes und Monaco von oben zeigen. Im pinken Helikopter. Wir sprangen in seinen Jeep, Dave und Biggi saßen vorn. Nach fünf Minuten bog Dave von der verstopften Touristen-Straße ab. Wir fuhren jetzt auf seiner eigenen Straße, wie er gestand. Mit einer wegwerfenden Handbewegung unterstrich er, dass er nicht besonders stolz darauf war.

»Alles von unserem Geld«, raunte Mitch mir zu.

Dave legte den Arm um Biggi. Sie platzierte ihren Kopf an seine Schulter. Mitch wurde immer stiller. Fast hätte ich ihn bedauert. Ich betone das Wort *fast*.

Mitten in einer Steigung ging der Motor aus. Dave bat um Entschuldigung. Die Karre sei alt, sie habe ihre Macken. Ob Mitch und ich mal eben kurz anschieben könnten?

Kaum waren wir ausgestiegen, brauchte Dave unsere Hilfe nicht mehr. Er gab Gas, die alte Karre raste davon wie neu.

Bis wir kapierten, was Dave vorhatte, war der Jeep schon außer Sichtweite.

Mitch hatte es die Sprache verschlagen. Er schwieg wie ein Schweigekünstler. Auch der Autofahrer, der uns in Ramatuelle, einem Nachbarort von Saint Tropez, einsteigen ließ, unternahm keinen Versuch, ein Gespräch zu beginnen. Er sah dem linkischen Mörder Norman Bates aus Hitchcocks *Psycho* ähnlich. Dass er ununterbrochen auf Lakritzbonbons herumkaute, weckte auch in mir Tötungsfantasien.

Meine Kopfschmerzen blieben mir treu. Mitch döste auf dem Rücksitz. Etwa auf der Höhe von Bercy-sur-la-Irgendwas löste er seinen Pferdeschwanz und sagte mitten in die Andacht hinein, das mit Biggi sei eine reine Fickbekanntschaft gewesen. Er weine ihr keine Träne nach. Dann war wieder Ruhe. Ich fragte Bates, ob er Englisch spreche. Er hielt den Mund und überholte riskant, regelrecht lebensmüde einen Lieferwagen. Der Fahrer des entgegenkommenden Autos hupte wild und drohte mit der Faust. Meine Hände suchten nach Halt. Ich wollte noch nicht sterben. Bates raste weiter wie besessen und mit starrem Gesicht. Der Kerl musste aus der Irrenanstalt ausgebrochen sein.

In einem Kaff hinter Dijon war die Fahrt endlich vorbei. Norman war plötzlich ein anderer. Er schüttelte uns herzlich die Hand, lächelte und sagte: »Au revoir et bon voyage, my friends. Hasta la vista. Einmal Sauerkraut mit Schweinskopfsülze, bitte!«

Dann schenkte er uns sein restliches Bonbon.

Der Horror ging weiter. Wir klauten steinhartes Baguette und vergammeltes Obst aus einem Schweinetrog. Ein Bauer rannte mit einer Knarre hinter uns her und ballerte. Hunde kläfften, Regen strömte. Ein Gefühl, das ich bisher nicht gekannt hatte, machte sich breit und breiter: Heimweh nach der BRD.

Mit dem Zug fuhren wir schwarz bis Lille. Kurz vor der Endstation flogen wir auf. Ein Kontrolleur versperrte uns breitbeinig und mit Jagdlust in den Augen den Weg. Mitch täuschte einen epileptischen Anfall vor, so echt, dass er auch mich damit reinlegte. Er stürzte zu Boden, sein Körper verkrampfte sich, überall Zuckungen. Rollende Augen, Speichel vor dem Mund, ein grauenhaftes Kreischen, Röcheln und Gurren. Dem war der Kontrolleur nicht gewachsen. Er flüchtete. Immer noch im Glauben, Mitch habe es gleich hinter sich, kratzte ich mein Französisch zusammen und schrie: »Docteur, docteur, s'il vous plait!«

Der Zug fuhr in den Hauptbahnhof von Lille ein.

»Wie war ich?«, sagte Mitch.

Auch auf diese Frage hatte er Patentschutz.

Weil wir den Anschlusszug nach Brüssel verpasst hatten, mussten wir im Bahnhof übernachten. Während ich in der Nähe der Schließfächer auf Zeitungsblättern im Halbschlaf lag und meiner Fransenjacke nachtrauerte, hungrig und schmutzig, vögelte Mitch angeblich auf dem Damenklo eine neuseeländische Mittelstreckenläuferin mit Namen Pamela, die sich Chancen ausrechnete, im nächsten Jahr bei den Olympischen Spielen in Moskau zu starten.

Um zwei Uhr nachts kam Reinigungspersonal in orangen Overalls und mit großen Wasserschläuchen. Sie spülten uns weg wie Müll.

Am nächsten Morgen streikten die Lokführer. Wir mussten wieder auf die Autobahn. Nach den letzten zweihundert Kilometern mit einem Dauerredner, dessen Fahrstil zu der Heavy-Metal-Musik passte, mit der er uns verwöhnte, wollte ich nur noch in mein Bett fallen.

»Das kannst du dir abschminken«, sagte meine Mutter. Sie trug schwarz.

Opa war gestorben, die Beerdigung fand in einer Stunde statt.

Ich hatte ihm keine Ansichtskarte geschrieben. Aber selbst wenn ich ihm eine geschickt hätte, sagte ich mir, wäre sie nicht mehr rechtzeitig angekommen. Dafür war ich pünktlich zurück, um ihm die letzte Ehre zu erweisen. Das war doch auch was.

Trotzdem wurde ich das Gefühl nicht los, ein Parasit der Arbeiterklasse zu sein.

FRISÖR

Der Wind stand ungünstig, es roch nach Erdbeeren von der nahen Marmeladefabrik. Und da war wieder was mit dem Flutlicht. An diesem Abend stand einer der Masten bloß als Dekoration herum, die drei anderen waren auch nicht gerade in Weihnachtsstimmung, spendeten bestenfalls Kneipenlicht. Doch der frischgemähte Rasen duftete besser als das Parfüm von Dior und Chanel.

Atemwolken vermischten sich mit Nebel. Während ich die Mannschaft um den Platz jagte, Straftraining nach der 0:3-Heimniederlage gegen den Tabellenvorletzten, wartete ich auf Frisör. Ich war froh, dass er sich verspätete. Immer legte er ein gutes Wort für die Spieler ein, versuchte mich zu bremsen, wenn ich auf die harte Tour setzte. Als Säufer hatte er eben ein Herz für Flaschen. Außer wenn er im Krankenhaus lag, kam er zu jedem Spiel, zu fast jedem Training. Es hatte ihn wohl wieder mal erwischt.

Fünfzehn Minuten verschärfter Dauerlauf waren eigentlich genug, aber ich scheuchte die Kerle weiter. Zu bitter hatten sie mich enttäuscht. Und das in Helens Anwesenheit. Sie ließ sich nur alle Schaltjahre mal bei einem Spiel blicken. Ausgerechnet bei dieser Blamage war sie aufgekreuzt, mit zwei von ihren

Sektschwestern im Gefolge, die aufgekratzt den Körperbau von Freund und Feind bestaunten.

Ich drohte damit, am nächsten Spieltag die D-Jugend auf den Platz zu stellen. Erst als drei Luschen so gut wie klinisch tot waren, ließ ich sie Elfmeterschießen üben. Am vergangenen Sonntag hatten sie zwei Elfer in die Wolken gegeigt, den schwachen Gegner damit aufgebaut. Aber große Schnauze und aufgemotztes Auto. Und jedem Kopfball aus dem Weg gehen, damit das Goldkettchen nicht verrutscht und die teure Frisur geschont wird. Manche von denen spielten Fußball, nur um ihre Tätowierungen zu zeigen. Auch nicht ansatzweise ein Haluk, Chacha oder Gerarts darunter.

Die drei hatte ich entdeckt und gefördert, sie zu dem gemacht, was sie heute sind. Haluk ist Stammspieler in Düsseldorf, Chacha wird in Bremen immer wichtiger. Zwölffacher U21-Nationalspieler! Und Wolli Gerarts macht in England seinen Weg, in der Premier League bei Crystal Palace. Würde mich nicht wundern, wenn der Bundestrainer ein Auge auf ihn hätte.

Es hatte eine Menge Ablöse gegeben. Davon leistete sich der Klub das schicke Vereinsheim, um das uns mancher Zweitligist beneidet. Mit Lounge und Wellness und Sonnenenergie. Mit *chilling sounds* rund um das Entspannungsbecken.

»Da wird der FC Bayern blass«, sagte Präsident de Fries bei jeder Gelegenheit. Ich kriegte eine Gehaltserhöhung, man versprach mir lebenslangen Dank.

Ich fummelte mein Handy aus der Jackentasche, wählte Frisörs Nummer. Ich war nicht mehr froh, dass er noch nicht da war.

Frisör heißt eigentlich Holger, aber das weiß, seitdem seine Eltern gestorben sind, wahrscheinlich nur noch ich. Holger sage ich nur, wenn wir Streit haben.

Frisör, damals noch Holger, hatte sich für die Ausbildung zum Haarschneider entschieden. Er wollte kein kaputtes Kreuz und keine Schwielen an den Händen haben wie sein Vater, der auf dem Bau arbeitete. Auch die Aussicht, mit scharfen Frisösen, so seine Worte, in Kontakt zu kommen, spielte bei der Berufswahl eine Rolle. Dass er seine Haare kurz trug und sich messerscharf rasierte, war kein Nachteil beim Bewerbungsgespräch gewesen.

Die Ausbildung dauerte aber nur eine knappe Stunde. An seinem ersten und letzten Tag im Salon Erica fegte er nach eigenen Angaben abgeschnittene Haarbüschel von hier nach da, spielte ein bisschen am Radio herum, verschob das seit 1964 auf Schlager festgeschraubte Programm in Richtung weniger reimseliges Material. Es war zur ersten Krise mit Saloninhaberin und Kundschaft gekommen. Die zweite und letzte führte Minuten später zur sofortigen Auflösung des Ausbildungsvertrags.

Frisör, zu dem Zeitpunkt immer noch Holger, erhielt die Anweisung, eine Trockenhaube über den Kopf einer Kundin zu stülpen und auf Stufe 1 zu stellen. Der anschließend Gefeuerte ist sich bis heute keiner Schuld bewusst, dass die Dauerwelle der Frau kurz darauf in Flammen stand. Die Geschädigte, übrigens mit Nachnamen Stumm, wohnte in unserem Viertel und war geschwätzig. Der Name Holger war passé.

Endlich trudelte er auf seinem roten Elektromobil ein. Die Spieler übten mittlerweile Ecken, und zwar so unbeholfen, dass sich der Verein keine Sorgen um die Auszahlung von Siegprämien machen musste. Ich schrie, fuchtelte, drohte.

»Komm mal runter, General«, krächzte Frisör.

Sprühregen, das Flutlicht flackerte.

»Hartmut, beweg deinen faulen Arsch!«, rief ich der tiefschwarzen Siebzehn zu. Seine Eltern kamen aus Burundi und hatten ihren Sohn Hartmut genannt. Hartmut Okunanaba.

Manchmal kann man es mit der Integrationswilligkeit auch übertreiben.

Frisör holte umständlich einen Flachmann aus der Jackentasche und trank gierig.

»Rat mal, wer heute bei mir war«, sagte ich.

»Ich hasse Sätze, die mit ›Rat mal‹ anfangen!«

Frisör bekam einen seiner leichteren Hustenanfälle. Er ruderte mit den Armen, kippte fast von seinem Gefährt. Seine Kappe mit der Aufschrift SUPERMANN fiel ins Gras. Ich hob sie auf, reichte sie dem zitternden dünnen Kerl. Nachdem er sich erholt hatte, half ich ihm beim Anzünden einer Zigarette.

»Mitch war heute da.«

»Du sollst diesen Namen nicht in meiner Gegenwart aussprechen!«, schrie Frisör. »Themawechsel!«

»Er sagte was von 'ner halben Million.«

»Die soll er sich in den Arsch stecken!«

Frisör rauchte seine Filterlose bis zum letzten Millimeter. Er kriegte die Sache mit Christa und Mitch auch nach fast vierzig Jahren nicht aus dem Kopf. Dabei war die Sache überhaupt keine Sache gewesen.

»Hast du mal nen Zwanziger für mich?«, fragte Frisör. »Bis morgen oder so. Dreißig wären auch nicht schlecht.«

Christa war Frisörs erste Freundin. Er war ein bisschen spät dran, sein achtzehnter Geburtstag rückte belastend in Sichtweite.

Sie arbeitete im Büro der Maler- und Lackiererfirma, in der Frisör mit Ach und Krach seine Lehre absolvierte. Christa trug eine unvorteilhafte Brille, war sonst aber das Gegenteil von hässlich. Und schon neunzehn, hob Frisör hervor, als er mir von ihr und ihrem *Playboy*-Busen erzählte.

Das erste und letzte Mal sah ich sie nach dem A-Jugend-Spiel gegen den Bonner SC, bei dem Frisör ganz gegen seine

Gewohnheit zwei Tore schoss. Christa war Zeugin von Frisörs Triumph.

Nach dem Duschen lud er mich auf ein Bier ins Café Roma ein. Christa wollte da unbedingt hin. Sie war mit Angelo, dem Inhaber, per du, und bei unserem Eintreffen kriegte sie viele Küsschen von einem Kellner, der Giuseppe hieß. Auch ein älterer Krawattenmann winkte ihr vom weißen Tresen ein großes Hallo zu.

Nur absolute Proleten bestellten im Roma Bier, klärte Christa uns auf. Frisör, aufgedreht von seinen Toren und der üppigen, upper-class-erfahrenen Freundin, orderte auf Empfehlung Ramazzotti auf Eis an Limone. Als die Drinks geliefert wurde, kam Mitch rein. Er schien jemanden zu suchen. Vielleicht seine siebenunddreißigjährige Architektengattin, superspendabel und in der Kiste nimmersatt. Er hatte mir von ihr in der Fünfminutenpause zwischen Griechisch und Mathe berichtet. Die Gattin verspätete sich anscheinend. Missmutig und ohne Gruß ließ sich Mitch auf den freien Stuhl neben Christa fallen.

Ab jetzt hatte sie nur noch Augen für Mitch. Als hätte sie in der guten alten David-Gilmour-Schule ein Einser-Abi gebaut. Sie schlug die Beine übereinander, zupfte an ihrem Rock. Spielte intensiv mit ihren Haaren, drehte Locken. Frisörs Frage, ob sie abends mit in die Disco komme, beantwortete sie nicht. Als er die Frage wiederholte, verzog sie bloß den Mund.

Giuseppe wedelte mit einem weißen Tuch und verneigte sich tief. Promis aus dem Südviertel rauschten herein. In der Musikbox gab Adriano Celentano sein Bestes.

»Bist du mit Alain Delon verwandt?«, fragte Christa Mitch. »Oder bist du es selbst?«

»Schwachsinn«, antwortete Mitch und zerknickte einen Bierdeckel. Er zündete sich eine französische Zigarette an, inhalierte tief, blickte zur Tür.

»Ramazzotti auf Eis an Limone?«, fragte Frisör mit belegter Stimme. »Kann ich nur empfehlen, Mitch. Wirkt Wunder.«

»Scheiß drauf.«

»Warum so vulgär, schöner fremder Mann?«, sagte Christa zu Mitch.

Der machte ein Gesicht, als hätte sie ihn zu einer Leichenöffnung eingeladen. So hatte ich ihn noch nicht erlebt. Sonst ging er keinem Flirt aus dem Weg. Er drückte seine Zigarette aus, stand auf und ging.

Frisör erhob sich heftig. Sein Stuhl fiel um. Nach nur einer Woche war es aus zwischen ihm und Christa. Obwohl Mitch der Sekretärin keine Sekunde zu tief in die Augen geschaut hatte, konnte niemand Frisör davon abbringen, dass Mitch die größte Liebe seines Lebens zerstört habe.

Genauso gut hätte ich *ihm* vorwerfen können, mir meine Zukunft mit Inge vermasselt zu haben, mit der ich auf der Kirmes in der Raupenbahn geknutscht hatte. Inge hatte mich sogar die Farbe ihres BHs erahnen lassen.

Frisör und ich spielten zusammen im Verein Fußball, seit wir acht waren. Mit elf warb er mich für das Trommler- und Pfeiferkorps der Freiwilligen Feuerwehr an. Er mischte da seit längerem mit. Die dunkelblauen Uniformen mit dem roten Streifen an der Hose und die Schirmmützen gefielen mir. Also stieg ich auch bei den Trommlern ein, ohne einen Hauch Talent, aber unser Spielmannszug-Führer meinte, das gebe sich schon. Das Wort *Nachwuchsmangel* war im Verein nach *Freibier für alle* das am häufigsten benutzte.

Inge sah mich, als meine Begeisterung für Marschmusik in Einheitskleidung schon stark nachließ, beim Festzug anlässlich eines Schützenfestes. Von ihrem Lachkrampf am Straßenrand, der mich aus dem Takt brachte, womit ich meine Kameraden ebenfalls ins Chaos stürzte, erholte sich unsere Beziehung nie.

Weder Holger noch Frisör habe ich das jemals zum Vorwurf gemacht.

Ich empfahl dem Torwart, es mal mit der Sportart Kreuzworträtsel zu versuchen. Da kriegte ich schon wieder Besuch. Anscheinend war Tag der offenen Tür.

Werner de Fries kam in seinem neuen bayrischen Trachtenanzug auf mich zu. Maßanfertigung aus Schwabing, erzählte er seit Wochen jedem im Klub, als sei die erste Mondlandung nichts dagegen. Dem Vereinsvorsitzenden gehörte das Autohaus mit angeschlossener Kfz-Werkstatt in der Nähe der Rheinland-Kampfbahn. Die sollte auf der nächsten Mitgliederversammlung in Werner-de-Fries-Stadion umbenannt werden.

Der Vorsitzende machte ein Gesicht wie die Politiker in der Tagesschau nach einem Terroranschlag und sagte: »Karl, ich glaube, wir müssen reden.«

Mein Vorname ist Kalle. Der soll auch auf meinem Grabstein stehen. Nur in meinem Pass und vor Gericht heiße ich Karl. Alarmstufe Rot, wenn mich jemand so nennt, das weiß ich seit frühester Kindheit.

»Willst du mich feuern?«, sagte ich und lachte. Frisör lachte heiser mit.

»So würde ich das jetzt nicht unbedingt nennen bei deinen Verdiensten um den Verein«, antwortete de Fries und wischte sich einen Regentropfen von der Nasenspitze. »Aber im Prinzip läuft's darauf hinaus. Wenn du schon fragst.«

Als ich nach Hause kam, saß Helen mit einem Glas Rotwein vor dem Fernseher und schaute auf einem dieser Werbesender die Golden Oldie Show. Moderiert wurde das Ganze von einem kreischenden und zappelnden Etwas namens Topsi Erdenbürger. Himbeerrote Bäckchen, die Lider türkis.

Mir war nicht nach Sozialdrama, deshalb sagte ich: »Mussten früher aufhören. Flutlichtanlage defekt.«

Helen machte psst.

Topsi Erdenbürger kündigte Hubert Kah an, ein längst erloschenes Sternchen der Neuen Deutschen Welle. Kah sang mit Vollplayback seinen Uralt-Hit *Sternenhimmel.* Wie hatte ich ihn und die anderen Idioten gehasst, die Anfang der Achtziger alle Radios und jede Party verseuchten. Geier Sturzflug, Extrabreit, Spider Murphy Gang. Hubert Kah war füllig, richtig fett geworden und hatte sich eine veritable Glatze zugelegt. Das Resthaar war ergraut, fast weiß. Das geschah ihm recht.

»Wenn du nur gekommen bist, um mir die Stimmung zu verderben«, sagte Helen, »gehst du besser wieder und reparierst dein Flutlicht. Du weißt ja, wo der Werkzeugkasten steht.«

Jetzt kam Markus, der Botox-Lippen zu seinem ehemaligen Nummer-Eins-Hit *Ich will Spaß, ich geb Gas* bewegte. Helen goss Wein nach und sang mit.

»Prima Stimmung in Auschwitz«, sagte ich. »Die SS gibt wieder Gas.«

Helen wurde laut. Sie nannte mich einen Spaßverderber und Widerling. Ein Ekel ohnegleichen.

»Heute Nacht schläfst du im Gästezimmer, verstanden!«

Endlich ein Werbeblock. Mit dem ließ ich Helen sitzen, ging in mein Arbeitszimmer und starrte die Wände an.

So also sah lebenslanger Dank aus. Ein Rausschmiss im Vorbeigehen.

Seit meiner frühen Jugend hatte ich die Knochen für den Verein hingehalten. War Spielertrainer geworden, als unser Trainer Leukämie kriegte. Mit wenig Geld ein Team mit Ambitionen geformt. Aufstieg in die 5. Liga. In der ersten Runde des DFB-Pokals mein Siegtor gegen den KSC. BILD: *Der Mann, der Karlsru-*

he erschoss! Ganz Deutschland kannte plötzlich meinen Namen. Durchmarsch in die 4. Liga. Großstadtklubs wie Essen, Oberhausen und Aachen nassgemacht. Mit dem kleinsten Etat der Liga immer wieder die Klasse gehalten. Angebote aus Münster und Kassel. Abgelehnt, ohne Wenn und Aber. Vereinstreue ist für mich nicht nur ein Wort. Haluk und Chacha und Wolli Gerarts nach vorn gebracht. Nach Düsseldorf, Bremen und London.

Der *STERN* schrieb über mich: *Deutschlands längster Trainer.* Der Satz war von einem Trainerkollegen, der es nicht so mit der deutschen Sprache hatte. Die Illustrierte zitierte ihn ironisch. Gemeint war nicht meine Körpergröße, für die ich mich auch nicht schämen muss, sondern die Dauer meiner Beschäftigung. Achtundzwanzig Jahre bei ein und demselben Klub. Fast Weltrekord. Nur auf der Insel hat es einen oder zwei gegeben, die es auf noch mehr Jahre gebracht haben.

Und dann verlierst du mal ein paar Spiele hintereinander, bis auf eins relativ knapp und mit viel Pech, und schon kriegst du beiläufig den lebenslangen Dank zu spüren.

Ich bekam es mit der Angst zu tun.

Helen riss mich aus meinen Gedanken.

»Schnell, die Sex Pistols!«

Was für ein Tag. Erst Mitch, dann der Rausschmiss und jetzt die anarchistischen Helden meiner Jugend zusammen in einer Show mit Hubert Kah, Markus und der volldebilen Topsi Erdenbürger. Johnny Rotten, wahrscheinlich aufgedunsen und kahl und trotzdem *I'm eighteen* singend. Im bayrischen Trachtenlook von Werner de Fries. Es war aber nur das Fräulein Menke, das im Dirndl *Tretboot in Seenot* mimte.

»Ein Scherz!«, rief Helen. Sie winkte mich, bereit zur Versöhnung, an ihre Seite. Ich machte kehrt, schnappte mir Kissen und Bettdecke und quartierte mich im Gästezimmer ein.

BRUNS

Mitte September 1979 vollzogen wir endgültig den Bruch mit dem Artrock und wandten uns dem Punk zu.

Dr. Bruns hatte einen Vollbart, seine Haare reichten bis zur Brust. Im Unterricht trug er einen Zopf. Literatur sei dazu da, die Ideen der Humanität zu verbreiten, war sein Lieblingssatz. Er ließ uns nicht nur Heinrich Böll interpretieren, auch Texte von Martin Luther King und Janis Joplin wurden durchgenommen.

Bruns war im Sommer 1969 Austauschstudent in den Staaten gewesen und zum dreitägigen Rockfestival nach Woodstock gepilgert.

»Ja, da war der Regen, der Matsch, ist schon richtig. Die fehlenden sanitären Einrichtungen. Aber das war uns, Entschuldigung, meine Damen und Herren, scheißegal. Weil die Musik großartig war und man Liebe und gegenseitigen Respekt mit Händen fassen konnte. Weil die *good vibrations* einem jede Angst nahmen. Weil man sich und allen anderen nah war. Frieden auf der ganzen Welt schien machbar.«

Dieser Freitag begann fantastisch. Ich hatte die besten zehn Minuten meines bisherigen Lebens. Kurz vor Beginn der Deutschstunde fragte ich Carmen, ob sie abends mit mir auf eine Party

gehen wolle. Mein Herz flimmerte. Carmen war die Neue, zugezogen vom Bodensee. Ich war nicht nur in ihr süßes Schwäbisch
verliebt. Sie lächelte überrascht, sagte aber sofort zu. Sie sagte
nicht: »Weiß nicht, mal sehn, ich überleg's mir.« Wir verabrede-
ten uns für acht Uhr am Eingang des Stadtparks. Von dort war
es nicht weit bis zum Ort des Geschehens.

»Glückwunsch, Blödmann«, sagte Mitch.

Bruns trug Sandalen ohne Strümpfe. Er legte unsere Klausur-
hefte aufs Lehrerpult. Analyse, Vergleich und zeitliche Einord-
nung von zwei Liebesgedichten. Dass ich nicht nicht mal auf eine Vier minus hoffen konnte, wusste ich inzwischen.

Ich hatte Georg Greflingers um 1650 entstandenes Gedicht *Hy-
las will kein Weib nicht haben* für sprachlich experimentelle, an die
Pop-Art und Charles Bukowski angelehnte zeitgenössische Lyrik
gehalten. Greflingers Offenheit in sexuellen Angelegenheiten
hatte mich auf die falsche Bahn gelenkt: es ging ihm nur ums
Vögeln (*Buhlen / buhlen ist mein Sinn*), in den heiligen Stand der
Ehe treten wollte er ums Verrecken nicht.

Else Lasker-Schülers expressionistischer *Abschied* aus dem Jahr
1917 hatte ich in das Zeitalter der Hochromantik angesiedelt
(*Wenn es an mein Haus pochte / war es mein eigenes Herz*), mich in
diesem Fall also nicht um dreihundertdreißig, sondern nur um
hundert Jahre vertippt.

Die Note, die mich erwartete, war mir egal. Ich würde mich
abends mit Carmen treffen. Ich lächelte ihr zu, sie lächelte hin-
reissend zurück.

Aber dann appellierte Bruns an meinen Sportsgeist. Ausgerechnet er, dessen Figur darauf schließen ließ, dass er in Sport
nie über eine Gnaden-Vier hinausgekommen war. Mein Meis-
terwerk, so Bruns, dürfe nicht im Dunkeln dahinsiechen, es
dränge ans Licht der Öffentlichkeit.

Mit einer ironisch galanten Bewegung griff er nach meinem Heft, das auf dem Stapel zuoberst lag, und fing an zu lesen. Was er mit seiner Stimme anstellte, vom Wispern bis zum Schrei! Bruns lieferte Vortragskunst auf hohem Niveau ab, ein Glanzstück. In feindosierten Pausen legte er die Stirn komödiantisch in Falten und sah mich betont verzweifelt an; mitleidig, als hätte ich nicht alle Tassen im Schrank. Es durfte, es musste gelacht, gejohlt werden, und ich sah, dass auch Carmen der Einladung dazu folgte. Bruns steigerte sich in einen Vortrags-Rausch. Seine Hände, sein Zopf, der ganze Körper kamen ins Spiel, bis Mitch schrie: »Hör auf damit, scheiß Hippie!«

»Ja, hören Sie bitte auf«, sagte Benz, der neben mir saß.

Da war es auf einmal ganz still. Bruns rückte seine Nickelbrille zurecht, strich über beide Bügel. Er befeuchtete mit der Zunge seine Lippen, löste die Haare aus der Umklammerung eines dunkelbraunen Reifs. Sie fielen in sein Gesicht, er schüttelte sie und kämmte sie mit den Händen zurück.

Abends ging ich nicht zum Stadtpark, um mich mit Carmen zu treffen, sondern direkt zur Party. Sie fand im Keller eines Studentenwohnheims statt.

Halbdunkel mit bunten Lämpchen. Es gab Rotwein, Bier vom Fass, Kartoffelchips und Nudelsalat. Leise Musik, um die Diskussionen nicht zu stören. Ich schnappte die Worte *retardierende Sozialrelevanz* auf. Mitchs hübsche ältere Schwester hatte ihr Examen in Politik und Soziologie mit Auszeichnung bestanden und ein Stipendium für eine Doktorarbeit gewonnen. Ihr Freund, der sie dauernd befummelte, hatte schon gewaltige Geheimratsecken.

Jemand legte Supertramp auf. Es gab Protest wegen der Lautstärke, aber dann fingen viele an zu tanzen, obwohl die meisten es nicht konnten. Weil es sonst nichts zu tun gab, tanzte ich auch. Plötzlich spürte ich was unter meinen Schuhsohlen. Eine Studentin schrie. Ihr war die Brille beim wilden Kopfwackeln von der Nase gerutscht. Ich bewegte mich weg zum Bier vom Fass. Da standen endlich zwei, die ich kannte. Mitch und Benz duellierten sich mit Kölsch.

Wenig später tauchte Frisör auf. Ich hatte ihm von der Party erzählt, aber nicht mit ihm gerechnet, weil Studenten ihm nicht lagen, wie er sagte. Sein Atem verriet, dass er schon vorgeglüht hatte. Jetzt glühten wir ordentlich nach.

Eine Blondine bat Mitch um Feuer, und nach ein bisschen Gequatsche tanzten sie umschlungen. Ich musste die ganze Zeit an Carmen denken.

Frisör hatte bei Woolworth im Ramsch eine Single der Ramones gekauft. Das Lied hieß *Sheena Is A Punkrocker*. Frisör schleppte mich und Benz zum Plattenspieler, fegte Supertramp vom Teller und legte die Neunundneunzigpfennigmusik auf.

Die Ramones hatten sich nicht lange im Proberaum abgequält. Zwölfsechzehntel-Takte wie bei den progressiven Rockgruppen waren nicht ihre Spezialität.

»Das können wir auch!«, rief Benz.

Die Akademiker teilten unsere Begeisterung nicht. Sie wurden sauer, als hätten wir eine Stinkbombe gezündet. Frisörs Platte war gerade mal anderthalb Minuten gelaufen, da riss ein Typ mit Vollbart sie von der Nadel, schmiss sie auf den Boden und zertrampelte sie. Als wären da Bakterien drauf, die die Welt zerstören könnten.

TOPSI

Weil ich Mitch nicht schon wieder im Haus haben wollte, hatte ich bei seinem Anruf das *Goldene Einhorn* als Treffpunkt vorgeschlagen. Ein Touristenlokal. Damals für uns verbotene Zone und jetzt neutraler Boden, der keine sentimentalen Erinnerungen weckte.

Hier hatten sich schon Postreiter und Laternenanzünder einen schweren Kopf geholt. Weder Wallenstein noch der Luftkrieg hatten dem Laden was angetan. Dunkelbraune Balken, wuchtiges Mobiliar, ein langer Tresen im Dämmerlicht. An den Wänden Stiche und Bilder mit Motiven aus der Perückenzeit. Dazu wurde leichter Jazz gereicht.

Mitch lehnte am Tresen, wahrscheinlich zum ersten Mal in seinem Leben pünktlich. Statt Lederjacke trug er einen hellen, knöchellangen Mantel. Wir stellten uns an einen Stehtisch.

»Hat der 1. FC Bochum wieder gewonnen?«

»VfL, Mitch. V-f-L. Worum geht's? Hab gleich einen wichtigen beruflichen Termin.«

Wie ein Chemiker bei einem Versuch rührte er einen Hauch Zucker und viel Milch in seinen Kaffee, ich saugte an einem unkomplizierten Bier. Am Tisch neben uns wurde Französisch und Niederländisch parliert.

»Komm zur Sache, Mitch.«

Er wand sich, streichelte seinen Dreitagebart, vergewisserte sich, dass seine Nase noch da war.

»Nicht gleich sauer werden, versprochen?«, sagte er endlich. »Lass mich erstmal ausreden. Es geht mir nicht ums Geld bei der Sache. Geld hab ich genug.«

Den Satz hätte ich auch gern gesagt. Und einen beruflichen Termin hatte ich auch nicht. *Schneller Schlussstrich nach Rekordzeit* hatte die Zeitung geschrieben und dann den üblichen Quatsch von der einvernehmlichen Trennung verzapft. Vereinspräsident de Fries hatte sich ein knappes Lob abgerungen, ein beleidigend knappes.

Obwohl jetzt alle Welt wusste, dass ich frei war, kam trotz Abstiegsnot kein Anruf aus Essen, keine Mail vom WSV, der wieder nach oben wollte. Sie trauten sich wohl nicht, weil ihnen mein Name zu groß war. Um nicht ganz untätig zu sein, hatte ich ein paar Bewerbungen losgelassen, die mir jetzt so aussichtsreich wie Flaschenpost vorkamen.

Bevor ich zum *Einhorn* gegangen war, hatte ich den Vereinswimpel von der Wand genommen, ihn zerschnitten und die Einzelteile in den Mülleimer geworfen. Ein paar Schnipsel fielen neben den Eimer, so dass ich mich auch noch bücken musste nach dem verdammten Zeug.

Das Archiv vernichtete ich nicht, obwohl ich die ganze Nacht daran gedacht hatte. Achtundzwanzig Jahre und fünf Monate lang hatte ich jedes Ergebnis mit Mannschaftsaufstellung, Torschützen, Zuschauerzahl und Anmerkungen zum Spielverlauf in ein großes gebundenes Notizbuch geschrieben, jeden Bericht und jede Tabelle aus der Zeitung ausgeschnitten und eingeklebt. Dazu die Mannschaftsfotos, die zu Saisonbeginn gemacht wurden. Neunundzwanzig Bücher waren so zusammengekommen, eins für jede Spielzeit. Das letzte würde unvollständig bleiben.

Wenn ich die Statistik meines halben Lebens auch nicht zerriss und verbrannte, schaffte ich sie mir doch aus den Augen. Raus aus dem Arbeitszimmer, weg zu dem anderen unnötigen Krempel im Keller. Zu den Spinnen und Asseln. Zu meiner verschimmelten E-Gitarre.

Mitch wagte es tatsächlich, in meiner Gegenwart den Namen Topsi auszusprechen. Topsi Erdenbürger. Er erdreistete sich, mir dieses piepsige himbeerrote hirntote Elend schmackhaft machen zu wollen. Persönlichen Kontakt habe er zu ihr aufgenommen und dabei festgestellt, dass sie in Wirklichkeit ganz anders sei. Überhaupt nicht schrill, eher zurückhaltend und in der Lage zuzuhören. Und ungeschminkt eine Schönheit. In der Golden Oldie Show *spiele* sie bloß die Rolle der Doofen.

»Ja – und?«, sagte ich und sah gelangweilt und verärgert auf die Uhr. »Wo ist eigentlich Boris?«

Mitch spielte mit seinem Kaffeelöffel.

»Schon vom Golden-Oldie-Ü50-Contest gehört?«

»Nein, klingt aber gut«, antwortete ich mit müdem Lächeln. »Irgendwie sexy.«

Mitch fragte, ob er mir noch ein Bier bestellen dürfe. Cognac dazu? Das war nicht der Mitch, den ich kannte. Großzügigkeit gehörte nicht zu seinen hervorstechendsten Eigenschaften. Er war in der Maria-Theresia-Allee aufgewachsen, wo Geld keine Rolle spielte, aber eisern zusammengehalten wurde.

»Die Sache ist die«, sagte der Mann gegenüber, der vorgab, Mitch zu sein. »Die suchen Bands. Die Musiker müssen Amateure sein und über fünfzig. Golden Oldies, verstehst du? *Ein* Bandmitglied darf jünger sein, aber wenn ich richtig gerechnet habe, sind wir vier ja alle fett in den Fifties.«

»Wo ist eigentlich Boris?«, fragte ich wieder und kippte das Bier, bevor Mitch seine Meinung änderte und es selbst trank.

»Man schickt einen Videoclip, so ein Smartphone-Filmchen, an den Sender, und der wählt die besten sechs Kandidaten aus. Die Clips der Finalisten werden Weihnachten in der Sendung gezeigt, die Bands spielen dann Ende Januar live vor Publikum. Die Fernsehzuschauer entscheiden darüber, wer die halbe Million gewinnt.«

»Fünfhunderttausend für ein paar altersschwache Dilettanten?«, sagte ich. »Da musst du dich aber schwer verhört haben. Es geht wohl um fünfhundert Euro. Oder fünfzig.«

»Keine Sorge, meine Ohren sind in Ordnung. Diese Privatsender haben doch endlos Kohle. Bei jeder dämlichen Rate-Show kannst du ne Million gewinnen. Mindestens. Fünfhunderttausend sind für die Taschengeld.«

Am Nebentisch wurde rheinischer Sauerbraten mit Kartoffelpüree und Apfelmus serviert.

»Und warum erzählst du mir das alles?«, fragte ich.

»Weil *wir* uns die Kohle holen werden«, sagte Mitch, als sei das ein Klacks, die selbstverständlichste Sache der Welt. Als müssten wir nur noch zur Bank fahren, das Geld zählen und eintüten.

Mitch nahm eine Zigarette aus der Packung, schimpfte über das NRW-Rauchverbot in Kneipen und ging nach draußen.

»Zwei Minuten, ja?«

Möglich, dass in Brauereien neuerdings mit bewusstseinserweiterndem Hopfen experimentiert wurde. Vielleicht lag's auch nur am Wetter. Ich hatte jedenfalls eine Erscheinung. Eine Topsi-Ü50-Horror-Show-Erscheinung. Ich sah Mitch, Frisör, Benz und mich hüftsteif auf eine Bühne klettern, mäßig beklatscht von ein paar Rollator-Piloten und Hubert Kah, angesagt von Topsi Erdenbürger, die sich über ihre eigenen dämlichen Witzchen und uns halb totlachte. Wir fingen an zu spielen, wurden aber sofort übertönt von Werbung für Stützstrümpfe, Prothesenreiniger und Toupetkleber.

»Kalle?«, rief Mitch. »Ist irgendwas?«

»Allerdings«, sagte ich und strich mir übers Gesicht. Ich bat die Kellnerin um einen Kugelschreiber. Mit dem schrieb ich den Namen Zwolinski auf einen Bierdeckel.

»Ich halte nicht viel von Psychiatern«, sagte ich. »Die machen nur Wind und alles schlimmer. Überbezahlte Gauner. Aber *der* Typ hier ist möglicherweise eine Ausnahme. Der könnte dir vielleicht helfen.«

Ich hielt den beschrifteten Bierdeckel hoch, steckte ihn dann in Mitchs Manteltasche.

»Doktor Zwolinski hat Ricky, einen Bekannten von mir, vollständig geheilt. Ricky hielt sich, als er nach einer Blinddarmoperation aus der Narkose aufwachte, für einen Hund. Er ging auf allen vieren, bellte, jaulte, knurrte. Der Vegetarier fraß nur noch Fleisch. Wenn er sich freute, machte er Männchen und gab Pfötchen. War er sauer, biss er zu. Nicht auszuhalten. Aber! Nach vier oder fünf Sitzungen bei Doktor Zwolinski war der Spuk vorbei. Arbeitsplatz und Ehe gerettet, keine Hundesteuer, alles wieder gut.«

Die Kellnerin erlegte mit viel Getöse eine Fliege.

»Hübsche Frau, die sich zu helfen weiß«, sagte Mitch und fing an, schöne Augen zu machen.

»Hör zu«, sagte ich.

»Ich höre.«

»Verglichen mit deinem Problem, Mitch, ist der Bello-Fall natürlich was für Erstsemester. Aber bekanntlich soll man nie die Hoffnung aufgeben. Ruf in der Praxis an und lass dir einen Termin geben. Auf alle Fälle gute Besserung.«

»Danke, nett von dir«, sagte Mitch lächelnd. »Frage: Holst du Frisör mit ins Boot? Ich kümmere mich um Benz.«

Ich winkte der Kellnerin, bezahlte auch das spendierte Bier, gab ein viel zu hohes Trinkgeld und ging.

OTTO

Am fünften April 1980 wurde Benz achtzehn. Es war der Samstag vor Ostern, an dem wir unwiderruflich zum Punk konvertierten. Musikalisch waren wir längst keine Hippies mehr. Pink Floyd und so weiter waren für uns gestorben. Wir hatten uns, wenn auch spätberufen, auf die Seite der Sex Pistols, Clash und Ramones geschlagen.

Ich spielte ausschließlich Rhythmusgitarre, denn das peinlichste Instrument war jetzt (abgesehen von Harfe, Panflöte und Kirchenorgel, aber die standen nicht zur Debatte) die Lead-Gitarre. Der Sologitarrist Eric Clapton war nicht Gott, wie die Hippies behaupteten, sondern ein übler Langweiler. Woodstock: ein Schimpfwort. Alle redeten vom Waldsterben. Wir nicht. *Zurück zum Beton*. Keine Drogen außer Dosenbier. Peinlicher als Lead-Gitarre waren nur noch Friedensmärsche. Wenn die Bombe fiel, dann fiel sie eben.

Frisör war, was die Haarlänge betrifft, schon länger auf der richtigen Seite. Wir anderen hatten *den Schritt* immer wieder hinausgezögert, uns ständig in neue Entschuldigungen geflüchtet. Jetzt sollte Schluss damit sein. Keine Missverständnisse mehr, jeder sollte auf Anhieb sehen, mit wem er es zu tun hatte.

Frisör hatte zwar im Salon Erica einen Fehlstart hingelegt, aber immer noch ein Händchen für Schere und Kamm. Er würde für Klarheit sorgen.

Spätnachmittags trafen wir uns bei Benz im stillgelegten Partykeller, unserem Übungsraum. Benz' Vater war durchgebrannt, seine Ex hatte seitdem Depressionen. Was wir zwischen Barmöbeln aus Eichenholz, Bildern mit Segelschiffen, rustikalen Wandleuchten und einer Sammlung von Bierkrügen trieben, war ihr völlig egal.

Vor einem Jahr hätten wir uns wahrscheinlich The Pipers At The Gates Of Dawn genannt, nach der ersten Platte von Pink Floyd. Jetzt aber hießen wir The Lazenbys.

Der australische Schauspieler George Lazenby war in der Geschichte des Films eher ein Pechvogel. Er war Nachfolger von Sean Connery in der Rolle des James Bond, kam aber nur ein einziges Mal im Geheimdienst Ihrer Majestät zum Einsatz, dann schmiss man ihn raus. In Interviews behauptete er, freiwillig gegangen zu sein, *um wieder mehr Zeit fürs Theaterspielen* zu haben.

Ein Loser wie George, der übrigens nie unsere Autogrammanfragen beantwortete, war kein schlechter Namensgeber für eine Punkband. Die Idee hatte ich gehabt, nachdem ich den Film im Fernsehen sah. Wenigstens Teile davon. Das Werk hat schlaffördernde Längen.

Alle waren einverstanden, allerdings wollte Mitch, dass die Band Mitch and the Lazenbys hieß, weil er als Sänger der Frontmann war. Er nannte sich das Gesicht der Gruppe. Es kam zur Abstimmung, danach drohte Mitch lange mit Ausstieg.

Das Los entschied sich für Benz. Er war als erster dran. Benz machte ein Gesicht, als habe sich das Los gegen ihn entschieden.

Frisör klapperte mit der Schere. Es ging nur um Benz' schwarzen Lockenkopf, aber Benz tat so, als ginge es um seinen Kopf. Seine Freundin, ließ er uns mit Drama in der Stimme wissen, habe mit Trennung gedroht, falls er Frisör an sich ranließe.

»Ich will Sylvia nicht verlieren, sie ist so süß«, sagte Benz wie einer, der sein Geld hauptsächlich in der Schlagerbranche verdient.

»Im Leben muss man Prioritäten setzen«, antwortete Frisör, als sei er wie wir anderen in der altsprachlichen Unterprima des Goethe-Gymnasiums und nicht in der Anstreicher- und Lackiererbranche tätig.

Ian Dury sang *Wake up and make love with me*, Frisör schlug mit der Schere den Takt dazu. Benz, an sein Dosenbier geklammert, verwies auf den fehlenden Mitch. Bevor der nicht auftauche, um sich auch in Frisörs Gewalt zu begeben, lasse er sich nicht scheren.

Nachdem er seinen Zigarettenrest auf den früheren Tanzboden geworfen und zertreten hatte, sprach Frisör gefährlich leise das schlimmste Schimpfwort aus, das wir kannten: »Hippie.«

Falls das Stadttheater nach einem Robespierre-Darsteller von Format suchte: hier war er. Der fanatische Glanz in seinen Augen. Die kalte Grausamkeit, mit der er den Angeklagten musterte. Doch dann war Benz eine Atempause vergönnt. Wie bestellt klopfte es ans Kellerfenster.

»Komme!«, rief Benz und verschwand mit Düsenantrieb.

Otto hatte kurze Haare und war trotzdem ein Fall für Frisör: er hatte lange buschige Koteletten wie ein Fernfahrer oder Countrysänger. Er trug keine kaputten Turnschuhe wie wir, sondern Motorradstiefel, und seine Jeans waren an den Knien nicht zerfetzt wie bei uns und den Ramones.

Verglichen mit Otto waren wir schmale Heringe, halbe Portionen. Er war ein Schrank, ein Bär, der mit Leichtigkeit ein umgeschnalltes Akkordeon und das Geburtstagsgeschenk, einen Kasten Bier, schleppen konnte. Von Frisör in Kenntnis gesetzt, dass in unseren Kreisen Flaschenbier nicht gern gesehen war, antwortete Otto: »Bier ist Bier und Schnaps ist Schnaps.«

Ein Satz wie im Leistungskurs Philosophie. Auch dass an seiner giftgrünen Plastikjacke noch das Preisschild mit Reinigungsanleitung klebte, war eine Idee, auf die man erstmal kommen musste. Alle hielten ergriffen den Mund, bis Benz sagte, Otto sei aus Wuppertal zugezogen, er wohne seit einem Monat nebenan.

»Schwebebahn,« sagte Frisör und empfahl sich damit als heißer Kandidat für ein Fernsehquiz.

»Wo sind die Frauen?«, antwortete Otto. »Ohne Frauen keine Party.«

Wieder so ein lebenskluger Satz für das gehobene Poesiealbum. Und wieder schwiegen alle, weil jetzt tatsächlich eine Frau zur Tür reinkam. Benz' Mutter sagte »Entschuldigung«, servierte Würstchen und ein Körbchen mit Ostereiern. Sie trug einen Bademantel und war barfuß. Das hübsche Gesicht und die schwarze Lockenmähne hatte Benz von ihr.

»Ich war erst neunzehn, als ich ihn bekam«, sagte die Frau und schaute uns der Reihe nach an. »Eine furchtbare Geburt. Diese Schmerzen, diese unvorstellbaren Schmerzen. Vierzehn Stunden lang!«

»Hör auf!«, sagte Benz weinerlich und schob seine Mutter unsanft aus dem Keller.

Wir suchten nach einem wie Dave Greenfield, den Keyboarder der Stranglers. Jemand, der im Stil von Jools Holland spielte, bei Squeeze unter Vertrag, wäre auch jederzeit willkommen gewesen. Aber diesem Otto mit seinem spießigen Kasten mussten wir klarmachen, dass er bei uns an der falschen Adresse war. Was hatte Benz sich bloß dabei gedacht, ihn zum Vorspielen einzuladen?

»Otto ist Profi, eine richtige Granate!«, behauptete Benz. »Und Akkordeon ist schließlich auch ein Keyboard, irgendwie.«

Aber so peinlich wie Leadgitarre, Harfe und Panflöte zusammen. Lustige Volksmusikanten, besoffen schunkelnder Stammtisch. Ein Prosit der Gemütlichkeit, auf der Reeperbahn nachts um halb eins. Bei uns im Rheinland nannte man das Ding Quetsch. Das Wort allein sagte alles.

»Vergesst nicht den Tango«, sagte Otto und griff in die Tasten. »Das ist praktisch argentinischer Punk.«

Was er da spielte, war nicht meine Musik, hörte sich aber ganz gut an. Es klang nicht nach Schifferklavier und Heimatgedöns. Nachdem Otto auf einem der Barregale eine Flasche Wodka entdeckt hatte, war es allerdings mit Argentinien und dem Vorspielen vorbei.

Der Fusel wirkte deutlich entkrampfender als Dosenbier. Eine halbe Stunde nach Öffnen der Flasche durfte Frisör mit der Schere zulangen. Benz lächelte tapfer. Ihm zu Ehren spielten Otto und ich Happy Birthday. So wie Otto es bediente, klang das Akkordeon überhaupt nicht nach Akkordeon. Es klang schräg und ungemütlich. Otto musizierte mit vollem Körpereinsatz und Verrenkungen, die bei Stammtischbrüdern und lustigen Volksmusikanten für böses Blut gesorgt hätten.

Er steckte mich mit seiner Spielfreude an. Ich riskierte gerade ein Solo, als Mitch reinkam und rief: »Sind wir jetzt eine verdammte Hippie-Band?«

»Sind wir jetzt eine verdammte Popper-Band?«, antwortete Frisör.

Mitch hatte sich die langen Haare abschneiden lassen, »aber professionell«, wie er mit wenig respektvollem Blick auf Frisör sagte. Er hatte jetzt vorn eine Art Tolle und an den Seiten parfümierte Sperenzchen wie die Lackaffen von der Jungen Union.

Im Salon Chez Giselle hatte er einen Fünfziger dafür hinlegen müssen, bekannte er nicht ohne Stolz.

»Den Fuffziger hat dir Giselle natürlich sofort zurückgegeben«, sagte Frisör spitz. »Wegen deinem schönen Haar, oder?«

»Wegen deines schönen Haars,«, antwortete Mitch. »Das Adverb *wegen* erfordert zwingend den nachfolgenden Genitiv.«

»Stimmt gar nicht«, sagte Otto und parkte sein Instrument auf der Tanzfläche des Partykellers. Frisör wollte sich wieder in seine Arbeit vertiefen, doch nun hinderte ihn Benz' Mutter daran. Sie war verzweifelt, weil sie ihre Fernsehzeitung nicht finden konnte. Sofort meldeten sich alle freiwillig zur SoKo Funk Uhr. Die Expedition brach mit einem Rest Wodka und Dosenbier für drei Tage in die oberen Wohnräume auf.

Dort hatte Frau Benz bei der Suche ein großes Durcheinander angerichtet, was unsere Arbeit erschwerte. Schränke waren ausgeräumt, Regale leergefegt worden. Überall lagen und standen Bücher, Kleider und Porzellan herum, Scherben hatte es auch gegeben. Auf den Schreck mussten wir erst mal ausführlich trinken. Benz, eine Hälfte der Frisur schulterlang, die andere stark gekürzt, redete besänftigend auf seine schluchzende Mutter ein.

Mitch ging in die Küche, weil er Lust auf einen Wodka mit Orangensaft hatte. Er kehrte zurück mit dem Siegerlächeln eines Polarhelden, eines Roald Amundsen. Im Kühlschrank hatte er nicht nur eine Flasche O-Saft entdeckt, sondern auch das verschollene Programmheft.

Frisör verfügte vielleicht nicht über das millimeterscharfe Auge des Routiniers, sein Schnitt war nicht so geschult wie der Giselles. Aber wir wollten ja auch keinen vom Himmel gefallenen Meister, keine Behandlung für fünfzig Mark. Statt Perfektion wollten wir Ecken und Kanten, Chaos und Anarchie auf dem Kopf. Die Junge Union sollte ängstlich einen großen Bogen um uns machen.

Professionell war allerdings Frisörs Salon-Talk. Buntes aus aller Welt, Randgeschichten und Fußnoten sprudelten nur so aus dem Radiohörer und Zeitungsleser heraus, während man in seiner Hand war. Die Grünen, eben erst gegründet, und schon wollten sie Getränke in Dosen abschaffen. Auf ewig unwählbar, Verbotsantrag! Dann die Sommerzeit, die in der kommenden Nacht wiedereingeführt wurde und deren Sinn Frisör nicht in den Kopf wollte. Die Goombay Dance Band, mit ihrem Hit *Sun of Jamaica* seit neun Wochen Nummer Eins. Ein Fall für den Menschenrechtsgerichtshof. Ebenso wie der miese Schauspieler Ronald Reagan, der Präsident der USA werden wollte.

»Gegen den müsste man auf der Straße gehen!«

»Bei aller Liebe zur Arbeiterklasse«, sagte Mitch, »aber es heißt: auf *die* Straße gehen, wenn es als Metapher für demonstrieren verwendet wird.«

»Hat er doch gesagt«, sagte Otto, dessen Koteletten gerade zu Boden rieselten.

»Stimmt«, sagte ich. »Hat er gesagt.«

Mitch winkte ab.

»Scheiß Politik. Die Bombe fällt sowieso. Je früher, desto besser.«

Der Deal fand gegen Mitternacht statt, zwei Stunden, bevor die Uhr wegen der Sommerzeit um eine Stunde vorgestellt wurde. Benz beharrte auf seiner Meinung, die Zeit würde um eine Stunde *zurückgestellt*. Wir wetteten um Ströme von Bier und Wodka.

Weil das Dosenbier alle war, mussten wir uns mit Ottos Flaschenbier abquälen. Außerdem kämpften wir um den Kosmetikspiegel von Frau Benz. Jeder wollte seinen neuen Kopf so lange wie möglich anschauen.

»Brutale Fresse«, sagte Benz und meinte sich. »Sylvia bye-bye.«

»Quatsch«, sagte Frisör. »Frauen stehen auf harte Typen. Das ist biologisch nachgewiesen.«

»Von wem?«, fragte ich. »Von Doktor Mabuse?«

Die ganze schöne Trinkerei war für die Katz gewesen, jedes Gramm Euphorie verflogen. Meine Ohren, die ich jahrelang nicht zu Gesicht bekommen hatte, sahen hässlich aus, riesig und abstehend und überhaupt. Wie bei diesen Horrortypen in Science-Fiction-Filmen. Und das mit der brutalen Fresse stimmte auch. Bundeswehr-Fresse, Nazi-Visage. Ich würde nie im Leben eine Frau abkriegen, höchstens einen Schäferhund.

»Macht euch bloß nicht in die Hose«, sagte Frisör. »Wenn ich schwul wäre, würde ich euch Zuckerpüppchen auf der Stelle abschleppen.«

Kaum hatte er das gesagt, schlug er sich mit der Hand gegen die Stirn. Er hatte vergessen, mit Haargel nachzuarbeiten, uns schicke Stacheln zu verpassen.

Viel besser sahen wir danach auch nicht aus.

»Wie Karneval«, zitierte Benz meinen Opa. Otto fühlte sich splitternackt ohne seine Koteletten.

Als ginge es um Krieg oder Frieden, war Mitch mit staatstragender Miene nach draußen gegangen, um an der frischen Luft darüber nachzudenken, ob Otto als fünfter Mann ein Gewinn für die Band sein könnte. Mitch hatte Zweifel geäußert, vom Risiko gesprochen, mit dem Akkordeon als Lachnummer zu enden.

»Das Instrument gehört in Argentinien quasi zum Punk«, hatte Benz dem besorgten Mitch als Entscheidungshilfe mit auf den Weg gegeben.

»Dann pack schon mal die Koffer«, antwortete Mitch. »Außerdem meinst du wohl das Bandoneon. Muss man dir den Unterschied erklären?«

Mitch ließ uns zappeln. Otto wurde nervös. Er sprach von
Verstümmelung und bereute, nicht bei einer Hippie-Band vor-
gespielt zu haben. Da wären seine dicken Koteletten der Hammer gewesen.

Ebenfalls vom Blues geschüttelt, nannte Benz seinen achtzehn-
ten Geburtstag den beschissensten seines Lebens. Ich musste an
die Mathe-Klausur denken, auf die ich mich noch keine Sekunde vorbereitet hatte. Mein Abi stand auf der Kippe. Kopfschmerzen krochen aus der Deckung und blühten rasch auf. Unmoti-
viert schlug Frisör auf sein Schlagzeug ein, das fast die Hälfte
der Tanzfläche ausfüllte.

Irgendwann ging mal wieder die Tür auf, aber es war nicht
Mitch, der da in die verqualmte Bude reinschneite. Auch nicht
Benz' Mutter. Die blonde Sylvia kam zu Besuch. Sie hatte ein
Geburtstagsgeschenk in der Hand. Dort blieb es auch, sie ließ
es nicht fallen. Sie selbst fiel auch nicht in Ohnmacht oder ins
Koma. Sylvia stand einfach da, spitzte ihren Lippenstiftmund
und starrte uns an, ungläubig aber nicht entsetzt, und, da war
ich mir aber nicht sicher, mit einem mikroskopisch feinen Lächeln. Sie hatte ihre langen Haare hochgesteckt, das stand ihr
gut. Benz stöhnte resigniert auf und wandte sich ab.

»Ihr drei seht toll aus«, sagte Sylvia. »Ziemlich zerzaust, aber
irgendwie – interessant. So unbrav.«

Ich verknallte mich sofort in diese tolle Frau. Otto drückte
Frisör fast zu Tode vor Freude.

Auch wenn er es später abstritt: Benz' Augen wurden feucht,
wenn nicht nass, und es war bestimmt keine Müdigkeit, die er
sich da aus dem Gesicht rieb. Immerhin gab er am nächsten Tag
zu, es sei der schönste Geburtstag seines Lebens gewesen.

Und Mitch hatte sich schließlich dazu durchgerungen, Otto
als fünftes Bandmitglied zu akzeptieren. Unter der Bedingung,
dass die Band ab jetzt Mitch and the Lazenbys hieß.

YLLKA

Weil Helen gegen zwölf mit dem Wagen zur Uni gefahren war, wo sie an drei langen Nachmittagen in der Woche ausländischen Studierenden, wie die Studenten neuerdings hießen, Deutsch beibrachte, musste ich den Bus nehmen. Ich hasste das. Entweder kam er zu früh oder gar nicht. Wenn ich ihn zufällig doch mal erwischte, saß jemand hinter oder direkt neben mir, der hemmungslos nieste, hustete oder auf sein Handy einschrie. Ich hatte Typen erlebt, die alles gleichzeitig beherrschten.

Dann die Nasenbohrer und ewigen Taschenwühler. Und die Musterschüler mit dem vorauseilenden Gehorsam. Der Kontrolleur war noch gar nicht eingestiegen, da winkten sie schon hektisch mit ihrem Fahrschein. Eine Qual waren auch die Schläfer. Die belästigten zwar keinen außer mir. Ich verspürte aber einen geradezu schmerzhaften Drang, sie aufzuwecken, sie vor dem Schock, dem bösen Erwachen an der Endstation im Niemandsland zu bewahren. Es war kaum auszuhalten. Mit zusammengebissenen Zähnen kämpfte ich gegen mein Helfersyndrom an.

Die Allerschlimmsten aber waren die Wohlerzogenen. Sie standen unangefochten oben auf meiner Schreckensliste des öffentlichen Personen-Nahverkehrs. Neulich hatte mir eine verdammt hübsche Zwanzigjährige ihren Sitzplatz angeboten.

Fünfzehn Grad über null im November. Es roch nach Frühling. Ich war zu warm angezogen. Das Restaurant *da Nino* lag versteckt in einer Altstadtgasse mit Kopfsteinpflaster und Butzenscheiben. Auf dem Gästeparkplatz ein Jaguar aus den Sechzigern. Drinnen Kellnerinnen, die mich streng wie Oberkellnerinnen musterten. Handzahmer Vivaldi, Venedig in Öl. Jemand, der mir gegen meinen Willen aus dem Mantel half.

Ich war auf die Minute eine halbe Stunde zu spät. Ich hatte vor einem Schaufenster mit Modelleisenbahnen gestanden, war in Zeitlupe durch ein Möbelkaufhaus gegangen. Einer, der die Spieler Haluk, Chacha und Wolli Gerarts zu Profis gemacht hatte, kam nicht pünktlich auf die Minute wie ein Niemand.

Ich kannte Zabel von Fotos, Berichten und Interviews aus der Zeitung. Er war nicht nur Vereinsvorsitzender, sondern auch ein führender Karnevalist. Außerdem setzte er sich für Natur und Heimat ein. Sein Händedruck war so fest, dass ich beinahe aufgeschrien hätte. Zabel stellte mir den Mann neben sich vor.

»Herr Schulz-Burke, Gönner des Vereins.«

Der Gönner wandte beim Händeschütteln keine Gewalt an.

»Appetit?«, fragte Zabel. »Sie sind natürlich eingeladen.«

Nino legte vertraulich beide Hände auf Zabels Schultern und fragte, ob alles in Ordnung sei. Ich hatte keinen Hunger, bestellte aber Parmaschinken mit Melone.

»Grappa dazu?« fragte Zabel.

Ich parierte die Fangfrage mit der Bestellung einer Halbliterflasche Mineralwasser.

»Alki oder was?«, fragte Schulz-Burke scheißfreundlich. »Es ist nämlich wissenschaftlich erwiesen, dass sich Alkoholiker in Gesellschaft oft als Nicht-Trinker ausgeben.«

»Lassen wir das, Heinz-Günter«, sagte Zabel und legte eine Hand auf den Unterarm des Gönners. Der widmete sich wieder seiner Gemüsesuppe, die er ungezwungen schlürfte. Zabel nahm Calamari mit schwarzen Spaghetti zu sich. Die Schwärze, erfuhr ich, kam von der Tintenfischtinte.

»Hatte Sie mir jünger vorgestellt, ehrlich gesagt«, sagte er mit vollem Mund. »Gesundheitlich noch auf der Höhe?«

Meine Bestellung wurde geliefert. Die Melone schmeckte nach gar nichts und war trocken, fast holzig. Schulz-Burke lächelte grundlos. Vielleicht konnte er nichts dafür. Im Fernsehen hatten sie mal einen Mann gezeigt, der nach einem Schlaganfall rund um die Uhr lächeln musste.

»Wie am Telefon besprochen«, sagte Zabel, »ist bei uns vom nächsten Sonntag an eine Trainerstelle frei, sollte die Mannschaft wieder verlieren. Und das wird sie. Sie sind natürlich für uns interessant. Wir fragen uns allerdings mit dickem Fragezeichen, weshalb Sie bei einem Klub aus der sechsten Liga unterschreiben wollen. Das ist doch ein Abstieg, ein Prestigeverlust, oder?«

»Mich reizt die Aufgabe, langfristig was aufzubauen.«

»Aha, ein Maurer«, sagte Zabel amüsiert. »Ist mauern und Beton anrühren auch Ihre bevorzugte Taktik als Trainer?«

Bevor ich antworten konnte, fragte Schulz-Burke mich nach meinen Gehaltsvorstellungen. Ich räusperte mich und nannte eine Zahl. Sie war kleiner als die, die ich mir vorgenommen hatte. Mein Handy klingelte.

»Beeilung!«, sagte Zabel laut. »Der FC Bayern!«

Er und der Lächler lachten. Ich schaltete das Handy aus, holte meinen Mantel und ging. Wenigstens blieb mir so ein zweites Händeschütteln mit Zabel erspart.

»Hat's geschmeckt?«, rief Nino mir hinterher.

Wäre ich ein paar Schritte gelaufen, hätte ich den Bus nach Hause noch erwischt. Doch dazu war ich zu benommen, und so fuhr er mir vor der Nase weg. Der nächste kam erst in fünfundvierzig Minuten. Es wurde schnell dunkel. Möbel hatte ich schon besichtigt, Modelleisenbahnen waren im Grunde nie mein Ding gewesen.

Schräg gegenüber der Haltestelle war ein Schuhgeschäft, dessen Auslage neu dekoriert wurde. Ich schaute der Dekorateurin zu, wie sie in die Knie ging, sich bückte, streckte und Dekolleté zeigte. Bis sie mit bösem Blick das Fenster mit einem großen weißen Tuch verhängte.

Vor einem Musikhaus blieb ich wieder stehen. *Instrumente auf 3 Etagen!*

Meine Fender Telecaster hatte ich für sechzig Mark in einem trüben An- und Verkaufsladen gekauft. Der Inhaber rauchte einen Joint so groß wie ein Ofenrohr und hörte Schlagermusik. *Ganz in Weiß mit einem Blumenstrauß.* Eigentlich wollte er hundert Mark, aber der Gitarrenhals hatte eine ziemlich wacklige Dreipunktverschraubung, die Bünde waren runtergenudelt, und alles war mehr oder weniger oxidiert. Einen Koffer gab es auch nicht mehr.

Das hässliche Ding klang, wie es aussah: genau richtig. Mitch gab ihm keine drei Tage, doch dann überlebte es alle Proben und unseren einzigen Auftritt und dämmerte jetzt, verpackt in einen Müllsack, im Keller vor sich hin.

Das Musikhaus mit den drei Etagen schien an einer Schaufenstergestalterin zu sparen. Alles wirkte überladen und nach dem Zufallsprinzip zusammengestellt. Rumbarasseln und eine Trompete auf einem Klavier, zwei Congas garniert mit Flöten und einem Geigenkasten. Ein Plakat wies auf eine Akkordeon-Aktionswoche hin. Das erinnerte mich an Yllka. Es war kurz nach siebzehn Uhr. Yllkas Zwölfstundenschicht hatte schon begonnen.

Aus einer Laune heraus war ich in die Geschichte mit Yllka reingerutscht. Ein Samstag Mitte September, außerdem mein Geburtstag. Geburtstage bedeuten mir schon lange nichts mehr, und so hatte ich Helen darin bestärkt, mit ihren Freundinnen drei Tage nach Paris zu fahren, statt mir dabei zuzusehen, wie ich gereizt und unkonzentriert ihr Geburtstagsgeschenk auspackte, weil meine Mannschaft wieder verloren hatte.

Freitags hatte ich Helen zum Bahnhof gebracht. Am nächsten Tag spielten wir gegen Viktoria Köln, die waren Tabellenführer und wir bisher nur unter die Räder gekommen. Und dann hauten wir die weg. Nicht 1:0 mit dem Fußballgott und dem Schiedsrichter als zwölfter und dreizehnter Mann. Wir waren dem Profiklub in jeder Hinsicht überlegen. Bei denen hatte es wohl Schlaftabletten zum Frühstück und Mittagessen gegeben. 4:0 hieß es am Ende, und damit waren die noch gut bedient.

Als ich nach Hause kam, überglücklich, heiser geschrien, nicht mehr ganz nüchtern, war da diese Stille. Und noch nicht mal Bier im Kühlschrank. Im Fernsehen Blasmusik im Trachtenanzug, Auschwitz, der Hunger in Afrika und ein Krimi mit zweifachem Kindermord. Mir lag zwar nichts daran, dennoch: Was war das denn für ein Geburtstag! Ich musste raus, unter Leute.

Yllka bedeute auf Albanisch Sternchen, hatte sie mir erzählt. Die Straße, in der ich sie finden würde, war nur ein paar Gehminuten vom weltberühmten Dom entfernt. Ungefähr dreihundert Meter lang, vierzig Häuser gab es da. Yllka arbeitete in Haus 28. Ihr Schaufenster brauchte keinen Dekorateur. Dass sie sich noch an mich erinnerte, freute mich.

»So lange nicht«, sagte sie. »Ich dachte, du tot.«

Wir lachten und gingen auf ihr Zimmer, auf das Yllka stolz war. Sie behauptete, es sei eines der größten in der ganzen Straße. Man hatte trotzdem nicht viel Platz, denn die große runde Badewanne, die in den Fußboden eingelassen war, nahm viel Raum ein. Eine Stunde Plantschen kostete einhundertfünfzig Euro, wusste ich.

Jetzt gab ich Yllka dreißig. Sie zog ihr Oberteil und den Slip aus und legte sich aufs Bett. Für ein Sternchen war sie ziemlich groß, so um die einsachtzig.

Ich nahm ihre wunderschönen Brüste in die Hände, küsste sie und sagte: »Heute nicht. Bin nicht in Stimmung. Wollte nur was fragen.«

Yllka sah mich unsicher an.

»Nicht mehr genug schön für dich?«

Ich schüttelte den Kopf. Auf dem Bett saß eine Micky-Maus-Figur. An den Wänden drei Ansichtskarten und eine rote Kirmesrose. Der kleine Kleiderschrank hatte keine Türen. Wäsche, Krimskrams, drei Paar hochhackige Schuhe. Neben dem Schrank stand wie vor zwei Monaten ein Akkordeon. Damals hatte ich mich nicht getraut, Yllka nach dem Instrument zu fragen. Vielleicht wurde es für bestimmte Praktiken verwendet, die ich in meinem Alter eigentlich hätte kennen müssen. Inzwischen hatte ich im Internet nachgesehen, aber nichts gefunden, was auf Akkordeon als Sexspielzeug hindeutete.

»Mein Opa hat mir gelernt. Dann Konservatorium Tirana.«

Sie lächelte schüchtern, bevor sie sagte: »Willst du hören?«

Nach ein paar Fingerübungen begann sie zu spielen. Nicht zappelig und rabiat wie Otto damals, sondern ernst und mit einer Menge Würde, obwohl sie nur ihre roten High Heels anhatte. Ich kenne mich mit klassischer Musik nicht besonders aus, tippte aber auf Bach. Keiner von seinen Hits. Auf jeden Fall Barock. Und das Schöne war: das Akkordeon hörte sich, genau wie bei Otto, überhaupt nicht nach Akkordeon an.

In solchen Situationen heißt es dann immer: Gänsehaut. Gänsehaut bei Hitchcock, Gänsehaut beim Absingen der Nationalhymne und bei den Sonderangeboten von ALDI. Gänsehaut beim Gänsebraten. Überall Gänsehaut. Inflationär und völlig dämlich. Ich kriegte jetzt aber trotzdem eine.

HELEN

Wir warteten auf Otto.

Es war nicht irgendeine Probe, sondern die erste, seitdem er Mitglied der Band war. Wir rauchten, unterstützten nach Kräften auch das hopfenverarbeitende Gewerbe, mit Ausnahme von Mitch, der seine Stimmbänder schonen musste. Bier mache sie schlammig, behauptete er.

Lustlos klimperten und trommelten wir vor uns hin. Benz fragte mich, was meine erste Platte war, die ich mir gekauft habe. Es war *Willst du mit mir gehen* von Daliah Lavi. Ich war fast zehn, kaufte die Platte aber nicht selbst. Ein älterer Junge aus der Nachbarschaft erledigte das für mich. Er verlangte eine Mark dafür.

Sonst hatte ich kein Problem damit, die Einkaufsliste meiner Mutter abzuarbeiten. Bäcker, Metzger, Supermarkt - klappte alles reibungslos. Aber das Musikhaus Götz zu betreten, traute ich mich nicht. Ich befürchtete, Daliah Lavi dort zu treffen. Ich kannte sie vom Fernsehen und war verliebt in sie. Ich würde knallrot werden und stottern, und die schöne Frau mit den langen schwarzen Haaren würde mich auslachen. Wäre Daliah Lavi ein Mann gewesen, hätte ich einfach die Tür vom Musikhaus aufgemacht und wäre reinspaziert. So wie Mitch.

Der war auch im vierten Schuljahr und hatte mir erzählt, dass

Marc Bolan von T. Rex im Musikhaus Götz gewesen sei, als er, Mitch, sich gerade *Hot Love* kaufen wollte. Marc hatte Mitch die Hand geschüttelt und ein Autogramm auf das Plattencover geschrieben. Und dann hatten sie sich noch ein bisschen unterhalten über das, was Marc als nächstes vorhatte. Tourneen, dicke Autos kaufen und so weiter.

Benz wiederholte seine Frage.

»*Trash* von den New York Dolls«, antwortete ich beiläufig. »B-Seite *Personality Crisis*, die ich persönlich der A-Seite vorziehe.«

Bevor Benz mich mit einer noch cooleren ersten Platte übertrumpfen konnte (ich sah ihm deutlich an, dass er genau das vorhatte), sagte Mitch: »Ich will ja nichts sagen.«

Und dann rückte er mit seiner Story raus.

Kleiner Osterspaziergang mit den Eltern in der Eifel. Auf einmal steht da mitten im Wald ein roter Heinkel-Roller. In der Nähe baggert einer mit Spitzhacke und Spaten im Gelände rum. Otto. Sucht nach Stahlhelmen und anderem Kriegskram, wie er ungefragt und ohne rot zu werden zugibt. Die Schlacht im Hürtgenwald am Ende des Zweiten Weltkriegs. Otto kennt die Befehlshaber auf deutscher wie auf amerikanischer Seite, nennt die Namen der beteiligten Divisionen, schätzt die Verluste auf über sechzigtausend Mann. Mitchs Vater, als Westfrontkämpfer damals dabei, Träger des Eisernen Kreuzes zweiter Klasse: total aus dem Häuschen vor Begeisterung und kurz davor, Otto zu adoptieren.

Mitch lächelte gequält. Er witterte einen Skandal, fragte sich laut, ob die Band von einem Neonazi unterwandert wurde.

»Quatsch mit Soße«, sagte Frisör. »Ich frag mich, was ein Punk wie du an einem dämlichen Ostersonntag mit seinen Alten im Wald verloren hat? *Das* ist doch der Skandal!«

Mitch holte tief Luft, riss den Mund auf, doch da spazierten Otto und seine Begleiterin herein.

Weil es sich als zu kompliziert erwies, unsere progressiven Platten zu verbrennen, hatten Frisör und ich sie vor der Probe zum einzigen Second-Hand-Laden getragen, den es in der Stadt gab. Der Händler war mit dem Aufziehen und Stellen seiner Armbanduhr beschäftigt. Es dauerte, bis er sich dazu herabließ, unsere Ware zu sichten.

Es roch nach Räucherstäbchen und Patchouli. Wir mussten einem kilometerlangen Gitarrensolo zuhören. An der Wand hinter der Ladentheke hing ein großes buntes Plakat, darauf Dave und seine drei Kollegen. Der Händler hielt jede Scheibe gegen das Licht, machmal hantierte er auch mit einem Vergrößerungsglas, um kleinste Kratzer zu entdecken.

»Echte Konvertiten, was?« sagte er und lachte. Seine langen Haare fielen ihm vors Gesicht.

Frisör nieste zweimal laut und erntete dafür einen Fünfminus-Lehrerblick. Ich biss mir auf die Lippen. Nachdem das mit dem Feuer nicht klappte, hätten wir die Platten einfach in die Mülltonne werfen sollen, statt hier jetzt rumzustehen wie Lohnabhängige vor ihrem Chef.

»Klartext«, sagte der Händler, strich ermattet vom vielen Kontrollieren über seine Augenlider und verstaute dann graziös die Lupe in einem Etui, »auf einen Fuffi könnten wir uns gerade noch so eben einigen.«

Frisör: »Okay, Hauptsache weg mit dem Scheiß.«

»Nee«, sagte ich, »äh, hundertfünfundzwanzig.«

»Genau«, sagte Frisör. »Hundertfünfundzwanzig. Unser letztes Wort.«

Der Händler machte ein Gesicht, als hätten wir ihm mit der Kürzung, wenn nicht dem Entzug seiner Witwen- und Waisenrente gedroht.

»Und dann«, sagte Frisör, »legst du noch die Ton Steine Scherben drauf. Die aus dem Schaufenster.«

Die Platte hieß *Warum geht es mir so dreckig?* Wie es aussah, gingen dem Händler momentan ausschließlich diese sechs Worte durch den Kopf.

Das Girl, das Otto uns vorstellte, hieß Helen. Ich hörte sofort auf, an Sylvia zu denken. Helen war so hübsch, dass es jammerschade um sie gewesen wäre, wenn Russen und Amis auf den Knopf gedrückt und die Bombe gezündet hätten. Helen wirkte zugleich scheu und selbstbewusst. Ich verliebte mich sofort in ihren Vornamen, in ihren italienischen Teint, die kurzen schwarzen Haare. Ich verliebte mich sogar in ihren Schluckauf, der ihr anscheinend peinlich war.

»Eine Folter«, sagte sie. Nach einer Schluckauf bedingten Unterbrechung sagte sie: »Nichts hilft. Kein Trinken, kein Kopfstand.«

»Keine Zungenküsse«, ergänzte Otto mit breitem Lächeln. Er trug jetzt auch kaputte Turnschuhe. Und tatsächlich ein Eisernes Kreuz auf der Lederjacke.

»Ich krieg ihn weg«, hörte ich mich sagen. Ich meinte den Schluckauf, nicht Otto.

Frisör untermalte die Behandlung mit einem Schlagzeugsolo. Ich stellte mich hinter Helen, schloss mit meinen Daumen ihre Ohren und mit den Zeigefingern ihre Nase. Sie musste Wasser aus einem großen Bierglas trinken.

»Nicht aufhören,« kommandierte ich. »Weiter, weiter!«

Während ich den Chefarzt raushängen ließ, fragte ich mich, wie zwischen dem Wal Otto und der Forelle Helen der Sex ablief. Sie musste doch ständig in Lebensgefahr schweben, wenn er sie in die Arme nahm. Wenn er – aber darüber wollte ich nicht nachdenken.

Otto beobachtete uns misstrauisch und mit verschränkten Armen. Nach einer knappen Minute war er erlöst. Helen auch. Sie gab mir einen kleinen Kuss auf die Wange. Meine heilenden Händen fingen an zu zittern. Ich versteckte sie in der Hosentasche.

Otto setzte seinen altmodischen Sturzhelm auf. Weiß, ohne Visier. Er hatte Helen nicht für länger mitgebracht, nur zum Vorzeigen. Sie gab Nachhilfestunden, und da musste sie jetzt hin.

»Ein Glück«, sagte Mitch. »Dachte schon, das wird hier so eine dämliche John-und-Yoko-Kiste.«

Als Otto endlich zurück war, hatten wir eine Stunde verloren. Wir konnten aber immer noch nicht mit der Probe beginnen, weil Otto uns eine Urkunde vorlegte, wie er das Papier nannte. Es war beschriftet mit dickem Filzstift und großen Buchstaben. WIR SIND EINE BAND, WIR HALTEN IMMER ZUSAMMEN!

»Autogrammstunde«, sagte Otto. »Wir unterschreiben das jetzt alle. Am besten jeder mit seinem Blut.«

Frisör zerdrückte eine leere Bierdose. Mitch sagte: »Eine Luft ist das hier« und öffnete die beiden Kellerfenster. Eine Spinne mit behaarten Beinen seilte sich von einer Deckenlampe ab. In dem Zimmer über uns lief Benz' Mutter rastlos hin und her. Benz tastete nervös mit beiden Händen seine Stoppelfrisur ab, dann sagte er: »Ich hab gestern Abend was komponiert. Soll ich mal?«

Die wuchtige Basslinie, die er jetzt spielte, und die Melodie, die er dazu summte, anfangs noch sehr leise, befangen, ließen den zappligen Frisör erstarren. Mitch hörte auf, ironisch zu grinsen und sein Kaugummi zu kauen. Benz' Song war zwar kein richtiger Punk, eher New Wave oder so was in der Richtung, warf uns aber trotzdem um.

Als Benz aufhörte, war erst mal Stille, bis Mitch sagte: »Gar nicht übel. Hab schon Schlechteres gehört.«

»Hammer«, sagten Frisör und ich gleichzeitig.

Verlegen wiegelte Benz den Beifall ab. Nur Otto protestierte. Läppischer Pop sei das. Er sprach von Kommerz und Verrat. Doch davon wollte außer ihm niemand was hören. Mitch verkündete, er werde sofort einen Text zu dem Song schreiben, eine Idee habe er schon.

»Die Nummer bringen wir auf Platte raus!«

Mit diesem Hit würden wir demnächst die Sensation sein. Mitch prophezeite ein musikalisches Erdbeben und jede Menge Groupies.

Am siebten Juni, einem Samstag, hatten wir auf dem Schulfest unseren ersten Auftritt, und dann gleich vor ein paar hundert Leuten. Wir waren Vorgruppe der Carpet Crawlers, einer Hippie-Band, die Songs von Genesis nachspielte. Unser Ziel war klar: so abzuräumen, dass die Langhaarigen sich anschließend nicht auf die Bühne trauten.

Otto gab keine Ruhe.

»Irgendwas stimmt nicht mit der Nummer«, sagte er finster. »Irgendwas stinkt da zum Himmel, wenn ihr mich fragt.«

Dieser Spielverderber gönnte Benz den Erfolg nicht, da waren wir anderen uns einig. Unbeeindruckt forderte Otto Benz auf, das Bassriff noch einmal zu spielen. Der verunsicherte Benz hatte gerade mal zwei Saiten seines E-Basses angerissen, schon rief Otto: »Das ist *I'm down* von den Beatles. Er hat die Beatles beklaut!«

»Die klauten doch überall und von jedem!«, rief Frisör, als habe Benz nur ausgleichende Gerechtigkeit walten lassen und sei damit in Ehren aus dem Schneider.

»Wenn mein Alter besoffen ist, tanzt er immer Twist zu der Nummer«, sagte Otto, und Benz gab zu, dass seine Mutter in ihren seltenen guten Phasen oft Beatles-Platten hörte.

»Ich muss da wohl was aufgeschnappt haben.«

Die Stimmung war versaut. Aus der Traum von Hit und Schallplattenvertrag, Busladungen von Groupies.

»Und was ist jetzt mit der Urkunde?«, fragte Otto mitten in die Depression hinein. Damit der Wisch endlich vom Tisch war, unterschrieben wir gleichgültig mit Kugelschreiber. Otto ließ sich seine Enttäuschung anmerken, doch nicht von seiner Idee abbringen. Er zog seinen Pullover aus, zeigte auf das große Pflaster an seinem Ellbogen.

»Kleiner Sturz nach schwerem Alkoholmissbrauch. Der Roller braucht nen neuen Spiegel, sonst ist nix passiert.«

Otto riss das Pflaster ab und fing an, mit den Fingernägeln die Kruste von der Wunde zu kratzen, bis es blutete. Benz, Frisör und ich äußerten, gleich kotzen zu müssen. Mitch dagegen betrachtete den Vorgang aufmerksam wie ein Medizinstudent.

Otto war inzwischen am Ziel. Er tunkte seinen Zeigefinger in die Wunde, und nachdem er ein Hoch auf den Anarchismus und die Frauen ausgebracht hatte, drückte er seine roten Fingerabdrücke dreimal auf das Papier. Dann faltete er die Urkunde sorgfältig und steckte sie in die Hosentasche.

Nach der Probe half ich Benz beim Einsammeln der Bierdosen und Leeren der Aschenbecher. Die anderen hatten es wie immer eilig gehabt.

Otto hatte uns an die Wand gespielt, besonders mich. Ich hätte auch zu Hause bleiben können, das Akkordeon hatte eh meine Gitarre übertönt. Benz war wegen seiner Panne mit dem Beatles-Song auch nicht gerade in Hochstimmung.

»Diese Blamage«, sagte er. »Ich könnte mich erschießen.«

»Hast du ne Knarre?«

»Nö. Dann sterb ich eben den Drogentod. Hab was zu rauchen da. Bist du dabei?«

Ein Punk kiffte nicht. Shit war Hippiescheiße. Nach meinen Erfahrungen in Frankreich lehnte ich alle Drogen außer Alk ab. Ein Punk hörte allerdings auch keinen Jazz. Benz holte unsere Lieblingsplatte aus dem Versteck und legte sie auf. *The Blues and the Abstract Truth* von Oliver Nelson mit dem Wahnsinnsstück *Stolen Moments*. Unter anderem mit Eric Dolphy, Altsaxophon und Flöte, Bill Evans am Klavier. Aufgenommen Ende Februar 1961.

»Otto ist mir unheimlich«, sagte Benz nach einem tiefen Zug. »Und ich Idiot habe den in die Band gelotst! Was diese Helen wohl an ihm findet? Der kann wahrscheinlich rammeln wie ein Zuchtbulle.«

Der letzte Satz gab mir einen tiefen Stich. Ich brauchte ihn aber nicht in voller Länge auszukosten, weil jemand heftig gegen beide Kellerfenster klopfte.

Schnell versuchten wir, alle Spuren zu verwischen. Wieder klopfte es ungeduldig. Das machte uns ganz fahrig.

Es war Mitch. Er hatte seinen Schlüsselbund liegen lassen.

»Was war das eben für Musik?«, fragte er. »Und wie riecht das hier?«

Benz improvisierte die Story von einem Insektenvernichtungsmittel, das er erfolgreich gegen die vielen Spinnen und Asseln im Keller einsetze. Nachteil: es rieche etwas streng.

Ich versuchte ihm zu assistieren.

»Was für Musik das war? Benz und ich waren gerade am Komponieren.«

»Kompostieren meinst du wohl«, antwortete Mitch. »Machen wir's kurz: ihr seid gefeuert!«

Mitch steckte seine Schlüssel ein und warf die Tür hinter sich zu.

BENZ

Wie an jedem Morgen schlug ich als erstes die Sportseite auf. *Neue Besen kehren gut*, las ich. Sehr originell. Aber sie hatten das Fragezeichen vergessen. Unter dem Geistesblitz war Vereinspräsident de Fries beim Händeschütteln mit Erwin Laukämper zu sehen, dem neuen Trainer meiner Mannschaft.

Unglaublich. Eher hätte ich auf den Bundestrainer als Nachfolger getippt als auf diesen Nazi. Vergangenes Jahr war ich mit ihm aneinandergeraten, nach einem für uns unglücklich verlorenen Spiel. Schadenfroh und in einer Lautstärke, die wahrscheinlich einen Techno-Club zum Einsturz gebracht hätte, erläuterte er mir sein Erfolgsrezept: keine Kanacken, nur deutschstämmige Spieler.

Bei seiner neuen Mannschaft gab es zurzeit genau vier davon. Auf *das* Spielsystem war ich gespannt! Und auch darauf, ob Hartmut Okunanaba Gnade fand.

Auf der selben Seite ein Foto mit dem neuen Trainer des VfB 08. Ein Ungar, zehn Jahre jünger als ich, nie gehört von ihm. Eingerahmt von Zabel und Schulz-Burke, lächelte er gequält. Zabel hatte ihm wohl kurz vorher die Hand geschüttelt.

»Wie läuft's denn bei deiner Jobsuche?«, fragte Helen. »Oder hast du dich schon zur Ruhe gesetzt?«

Ich legte die Zeitung beiseite, starrte in meine leere Kaffeetasse.

»Hier«, sagte Helen und hielt mir die Seite *Aus unserer Region* vor die Nase. »Die suchen einen Fußballtrainer, der sich ehrenamtlich um Geflüchtete aus Syrien, Afghanistan und so weiter kümmert. Das wär doch was für dich. Mach das doch!«

»Syrer und Fußball? Andorra, Moldawien und die Fidschi-Inseln: klar. Aber Syrien? Nie gehört.«

»Fußball kann jeder.«

»Jetzt werd nicht unverschämt, ja!«

Das Telefon stand untätig herum. Es dachte nicht daran, mich rauszureißen, und niemand drückte auf die Türklingel. Helen hatte eine neue Lesebrille. Damit sah sie richtig sexy aus. Ich sagte ihr das, aber sie kam von den Flüchtlingen nicht los.

»Komm, Hintern hoch und ruf da jetzt an! Tut dir bestimmt gut, so eine neue Erfahrung.«

Ich holte Luft, schwieg. Das half. Es läutete.

Für einen renommierten Modeschöpfer aus London fuhr Mitch ein ziemlich mickriges Auto. Die Karre sei der Zweitwagen seiner Schwester, erklärte er. Sein nachtblauer Citroën DS, Baujahr 1965, ein Kunstwerk von einem Auto, Alain Delon fuhr es in *Der eiskalte Engel*, sei in der Werkstatt.

Übergangslos erzählte er von Marie-Christine: sechsundzwanzig und aus Lyon. Eine Bestie im Bett, ein Orkan. Piratin der sieben Sperma-Meere.

»Aber manchmal«, sagte Mitch, »wird einem das ganze Sexzeug doch zuviel. Man merkt das Alter ab und zu schon ein kleines Bisschen, oder?«

»Nö«, antwortete ich.

Wir fuhren an meinem früheren Arbeitsplatz vorbei, der Rheinland-Kampfbahn, dem zukünftigen Rolf-de-Fries-Stadion. Mitch hatte es gehasst, dass Frisör und ich Fußball spielten. Was waren wir bloß für Punks, die nach der Pfeife eines herrschsüchtigen und vielleicht Pink-Floyd-hörigen Schiedsrichters tanzten!

Roland, unser A-Jugend-Torwart, fiel mir ein. Solange unsere Haare bis zur Schulter und darüber hinaus reichten, waren wir Luft für ihn gewesen. Mit freien Ohren hatten wir auf einmal Chancen bei ihm. Er wollte uns für eine Wehrsportgruppe werben und schwärmte von der Ausbildung an Waffen und alkoholischen Getränken aller Art.

Mitch trug wieder seine Rockstar-Uniform: schwarze Lederjacke, weiße Jeans, Halbstiefel aus Schlangenleder.

»Residierst du immer noch bei deiner Schwester?«, fragte ich.

»Ja, aber nicht aus Kostengründen. Marie-Christine und ich wohnen in einer schicken Einliegerwohnung mit separatem Eingang. Und Riesenbett. Alles viel hübscher als im Hotel. Aber ich hab Heimweh nach London. Sobald wir das Ding mit Topsi gedreht haben, jetten wir zurück.«

Die Straße, in die er jetzt einbog, hieß *Zur Lebenslust*. Eine Arbeitersiedlung aus Ziegelsteinen, die früher mal rot gewesen waren. Nicht weit entfernt das Braunkohlekraftwerk mit seinen Dampfwolken.

»Schön hat er's hier«, sagte Mitch.

Es dauerte lange, bis Frisör öffnete. Er sah aus, als hätte er ein Jahr in der Geiselhaft islamistischer Halsabschneider verbracht. Wir hatten ihn beim Frühstück gestört. Die Literflasche Weißwein war erst halbleer, dem Doppelkorn ging es nicht viel besser. Das ersehnte Schwanken, das Frisör im Gleichgewicht hielt, war noch in weiter Ferne.

»Scheiße, ist das kalt hier«, sagte Mitch und rieb sich verfroren die Hände.

»Ich hab ne Wärmeallergie«, antwortete Frisör. Sie hatten ihm mal wieder den Strom abgesperrt. Und es roch auch nicht gut in der Wohnung. Überhaupt nicht gut. Mitch drängte zum Aufbruch.

»Moment, sagte ich. »Du siehst doch, er ist noch nicht auf Touren.«

Auf dem Küchentisch lagen abgenagte Hähnchenknochen und kalte Fritten herum. Der Abreißkalender neben dem verwahrlosten Geschirrschrank war Monate im Rückstand, er zeigte den Hochsommer an. Frisör zitterte so stark, dass er kaum seine Zigarette und das Bierglas halten konnte, aus dem er den Korn trank. Draußen stritten sich Krähen um einen Bissen.

Obwohl wir in derselben Stadt wohnten, hatte ich Benz in den letzten Jahren nur einmal im Vorbeifahren gesehen. Sylvia begegnete mir hin und wieder im Einkaufsmarkt. Wir begrüßten uns dann mit Küsschen. Ich hörte, dass Benz es auf unserer alten Schule zum Konrektor gebracht hatte. Und ein Sohn war auch da. Florian.

»Unser Sonnenscheinchen.«

Beim letzten Mal erzählte Sylvia vom Tod ihrer Schwiegermutter. Barfuß, nur mit einem Nachthemd bekleidet, war Frau Benz unbemerkt aus dem Haus gegangen und in der Stadt herumgeirrt. Sie war blindlings über eine Schnellstraße gelaufen und von einem Auto erfasst worden.

»Wir haben uns immer soviel Mühe gegeben mit ihr.«

Dass Benz sich Vorwürfe mache, hatte Sylvia gesagt, dass er nicht darüber hinwegkomme.

Dieser November hätte auch September heißen können. Ich war wieder zu warm angezogen. Das Haus hatte früher eine weiße Fassade gehabt, jetzt war sie hellgrün.

»Überraschung!«, flötete Mitch.

»Noch nichts von der Erfindung des Telefons gehört?«, sagte Benz gereizt. »Ihr kommt mehr als ungelegen.«

Kein Wunder, dass er mies gelaunt war. Der kreisrunde Haarausfall hatte ihm eine volle Breitseite verpasst. Und Benz brachte auch deutlich mehr auf die Waage als früher.

»Samstag ist bei uns immer Vatertag. Wir können uns ja irgendwann mal in der Altstadt treffen.«

Er wollte uns abwimmeln wie Staubsaugervertreter oder Zeugen Jehovas.

»Ich bin Alkoholiker«, sagte Frisör. »Das ist eine anerkannte, ehrenwerte Krankheit. Ich brauch dringend ein Glas Wein oder so. Sonst krieg ich den Flattermann, den ganz großen. Soll ich hier vor deiner Tür krepieren, Benz?«

»Keine fünfhundert Meter von hier ist ein Getränkemarkt. Geradeaus bis zum Freibad, und dann die nächste links.«

»Klarer Fall von unterlassener Hilfeleistung,« antwortete Frisör. »Ich zeig dich an, Benz. Aber vorher klingele ich bei deinen Nachbarn und randalier da ein bisschen rum.«

Benz nannte Sylvia Syl und Florian Flo. Syl trieb samstags wegen ihrer Rückenprobleme Sport. Abwechselnd Schwimmen und Gymnastik. Flo hatte Mandelaugen, schüttere blonde Haare und keinen Bartwuchs. Er kriegte seinen Mund nicht richtig zu. Down-Syndrom. Ich hatte einen Fernsehbericht über eine junge Frau gesehen, die trotz ihrer Behinderung als Schwesternhelferin im Krankenhaus arbeitete.

Flo klammerte sich an Benz und sagte: »Papi, die Männer sollen gehen!«

»Keine Angst, die Männer sind gleich weg.«

Frisör stand draußen auf dem Balkon, rauchte und trank. Benz hatte leise fluchend einen Weißen von der Mosel aus dem

Keller geholt. Frisör mochte keinen Moselwein, zu lieblich, hatte er gesagt, aber die Not war eben groß.

»Was wollt ihr?«, fragte Benz.

Über dem offenen Kamin hing ein großes Foto von Benz' Mutter. Mit Trauerflor. Der Fernseher lief. Eine Reporterin äußerte sich zu Spekulationen, ob die Fürstin von Monaco wieder schwanger sei. Wie ertappt schaltete Benz aus und sagte, er schaue sonst nie um diese Uhrzeit TV.

»Apropos Fernsehen«, sagte Mitch. »Es geht um hundertfünfundzwanzigtausend für jeden. Leicht verdiente Kohle. Aber das Geld interessiert mich nicht besonders.«

»Es geht ihm um das Gemeinschaftserlebnis«, ergänzte ich.

Benz sammelte verstreute Puzzleteile ein, hörte gar nicht zu.

Vor Betreten des Hauses hatten wir unsere Schuhe ausziehen müssen. Ich konnte es nicht glauben: Mitchs Strümpfe hatten Löcher. Sowohl an den Fersen als auch an beiden großen Zehen. Frisör war daran gemessen overdressed.

»Ihr seid also immer noch zusammen, du und Sylvia«, sagte Mitch. Es klang vorwurfsvoll.

»Wir lieben uns wie am ersten Tag«, antwortete Benz.

Wie ein Traumschiff von der Größe eines ausgewachsenen Supertankers stand dieser Satz jetzt im Raum.

»Hörst du noch Jazz?«, fragte ich Benz ungefähr fünf Minuten später.

»Komm nicht mehr dazu. Der Beruf, die Familie.«

»Jazz ist sowieso scheiße«, sagte Mitch.

Benz ging zu seinem Sohn, der unbedingt bespielt werden wollte.

»Papi, weißt du was? Die Männer sind blöd.«

Das Sonnenscheinchen konnte einem ganz gewaltig auf die Nerven gehen.

»Lächerlich, was für eine bescheuerte Idee!«, sagte Benz, nachdem Mitch ihm mühsam, immer wieder unterbrochen von Flos Quengeleien, vom Ü50-Contest und unseren glänzenden Siegesaussichten berichtet hatte.

»Bitte, kommt mir nicht mit diesem alten Punkscheiß: Keine Chance, aber wir nutzen sie.«

Flo saß auf dem Teppichboden und wühlte ziellos in einer Kiste mit Duplo-Steinen. Benz, erfuhren wir, war in der Besoldungsgruppe A 15 angekommen. Er hatte keinen Ü50-Contest nötig.

Auf einmal wurde Mitch nostalgisch. Nach all der Zeit hätte er gern noch mal den Partykeller gesehen, unseren alten Übungsraum. Den gab es aber nicht mehr. Nach Benz' Verbeamtung hatten er und Sylvia den Keller in eine Saunalandschaft umwandeln lassen.

»Scheiße«, sagte Mitch. »Alles geht vor die Hunde und den Bach runter.«

Eine solche Bemerkung hatte ich noch nie von dem Erfolgsmenschen Mitch gehört.

Flo hatte jetzt eine Fernsteuerung in den Händen. Er lenkte ein Spielzeugauto, ein so genanntes Hot Wheel, mit Ausdauer hin und her gegen die Wohnzimmertür. Dabei ahmte er mit hoher, nervtötender Stimme eine Sirene nach.

Mitch war ganz blass geworden. Er rieb sich die Schläfen, bat um ein Glas Wasser. Kopfschmerzen. Tabletten hatte er dabei, Pillen in verschiedenen Farben. Benz fragte, ob das Drogen seien. Die dulde er nicht in seinem Haus. Mitch winkte ab.

»Ich schwöre«, sagte er matt.

Im Wohnzimmer stand Bauhaus neben Biedermeier. Frisör kam vom Balkon zurück und setzte sich auf einen gelben Thonet-Stuhl. Besorgt richtete sich Benz auf.

»Papi, die Männer sind böse. Die sollen gehen.«

»Ja, die Männer gehen jetzt. Und zwar sofort.«

Frisör musste seine Flasche draußen leer trinken. Unverhohlen schauten ihm Benz' Nachbarn aus ihrem Wintergarten zu.

»Das war's dann wohl«, sagte Mitch müde und alt. Kein Mensch wäre jetzt auf den Gedanken gekommen zu sagen, er habe sich gut gehalten. Schade, dass Helen ihn so nicht sehen konnte.

Frisör brauchte fünfzig Euro. Ich gab ihm zwanzig. Mehr war nach diesem vermasselten Besuch nicht drin.

»Ich mach mich doch nicht zum Affen!«, hatte Benz uns zum Abschied nachgerufen.

Nachmittags rief ich Frisör ungefähr alle fünf Minuten an. Er saß im Stadion und beobachtete das Spiel meiner früheren Mannschaft gegen Rödinghausen. Es lief nicht besonders gut für den neuen Trainer und Präsident de Fries. Beide waren von den Zuschauern mit Pfiffen und Buhrufen begrüßt worden. Auf zwei großen Transparenten stand mein Name. Die Fans wollten mich zurückhaben. Und außerdem führte der Gegner seit der zwanzigsten Minute 1:0.

In der Halbzeitpause räumte ich die Spülmaschine aus, summte dabei ein Liedchen mit, das gerade im Radio lief.

»Hat Bayern München angerufen?«, sagte Helen. »Oder Real Madrid?«

Ich nahm sie in den Arm, küsste sie.

»Wir waren schon lange nicht mehr tanzen«, sagte ich. »Heute Abend, hast du Lust?«

Es wurde Zeit, Frisör anzurufen, doch er kam mir zuvor.

»1:1. Hartmut, unhaltbar aus dreißig Metern.«

»Der Affenarsch trifft doch sonst keinen Möbelwagen, kein Einkaufszentrum!«

»Muss Schluss machen, hab kaum noch Guthaben.«

Helen bereitete in ihrem Zimmer den Unterricht für die nächste Woche vor. Ich ging in die Küche, trank ein Glas Wasser. Es fehlte nicht viel, und ich hätte nach fünfunddreißig Jahren meine erste Zigarette geraucht. Helen genehmigte sich abends schon mal eine zur Entspannung. Da klingelte mein Handy schon wieder.

Mitch hatte recht. Alles ging vor die Hunde und den Bach runter.

RÜCHEL

Am neunzehnten April 1980, zwei Wochen, nachdem Frisör uns ohne Blutvergießen die Haare geschnitten hatte (die Goombay Dance Band war mit *Sun of Jamaica* immer noch Nummer 1, Reagan weiter auf dem Vormarsch), hatten wir zwei Jobs zu erledigen. Aus der ersten Aktion wollte sich Mitch raushalten.

»Keine Politik.«

Wir trafen uns im *Fuchsbau*, einer Kneipe ohne Firlefanz. Ein Treffpunkt für Skatspieler und Leute, denen das Trinken wirklich am Herzen lag. Vor Hippies und ihrem erleuchteten Geschwätz war man hier sicher.

Frisör hatte die Bude entdeckt. Es roch nach Zigarettenrauch, Bohnerwachs und Bierpfützen. Einziger Schmuck war eine defekte Musikbox. Auch die drei, vier anderen Punks, die es im Viertel gab, kamen manchmal hierhin. Die normalen Gäste taten so, als störten wir sie nicht. Jupp Fuchs sorgte dafür, dass das so blieb. Mit der Autorität breiter tätowierter Oberarme und seines Rufs, früher im Puff den Verkehr geregelt zu haben. Uns zuliebe führte er auch Dosenbier.

Harry und Connie waren auch da. Schwarzes Leder, vollgepflastert mit Buttons. Rasierklingen, Hundehalsband. Connies Netzstrümpfe und ihr Minirock waren zerrissen. Die beiden Modepunks machten auf Sid und Nancy. Sid Vicious, Bassist der Sex Pistols, hatte vermutlich seine Freundin Nancy im Rausch erstochen und war bald darauf an einer Überdosis Heroin gestorben.

Kaum hatten wir es uns an einem Stehtisch bequem gemacht, kamen die beiden rüber und gaben mit ihren neuen Platten an, die sie auf einem Trip nach London gekauft hatten. Im *100 Club*, wo die Sex Pistols groß geworden waren, hatten sie auch gastiert und Harry, jetzt haltet euch bitte fest!, hatte dort auf dem Klo Seite an Seite mit Budgie gestanden, dem Drummer von Siouxsie and the Banshees.

Connie, schwarzer Lippenstift, schwarz umrandete Augen, Stacheldraht im Nasenflügel, zog theatralisch langsam den Reißverschluss ihrer Jacke herunter und zeigte uns ihr neuerworbenes Hakenkreuz-T-Shirt. Und dann zog sie den Reißverschluss schnell wieder hoch.

»Zeig uns lieber deine Titten«, sagte Frisör. Connie wurde rot und Harry sagte: »Das war jetzt aber nicht nett.«

Jupp Fuchs erzählte einem Stammgast von der Fremdenlegion. Algerien 1960, Gefangene wurden nicht gemacht.

»Los, bringen wir es hinter uns«, sagte Otto und rülpste wie ein kampfbereiter Stier.

Eduard von Gerreshausen war Ehrenbürger der Stadt. Eine Allee war nach ihm benannt und eine Gesellschaft, die sich um die Pflege des Wasserschlosses verdient machte, in dem Gerreshausen seine letzten Jahre verbracht hatte. Dort fanden regelmäßig Konzerte und Ausstellungen statt. Seine Bleihütte existierte seit sechzig Jahren und produzierte Dreck, der das Blut verseuchte, Kinder und Kühe umfallen ließ. In der Hitlerzeit hatten dreihundert russische Kriegsgefangene für den Fabrikherren schuften müssen, bis sie tot waren. Das stand in dem Flugblatt, das vor unserer Schule verteilt worden war.

Das Denkmal befand sich am Eingang des Stadtparks. Goldene Buchstaben, in eine große weiße Marmortafel gemeißelt, erzählten von den vaterstädtischen Wohltaten des Russenmörders. Davor auf einer Stele seine granitfarbene Büste. Auf die hatten wir es abgesehen.

Eine Arbeit, eigentlich wie geschaffen für Otto. Er hatte mit Abstand die größte Kraft und den Fäustling besorgt, einen ungefähr anderthalb Kilo schweren Hammer. Otto bestand aber darauf, dass sich jeder von uns Ruhm und Ehre verdiente.

Beim Losen zog ich die 1. Es regnete. Kein Wetter für Spaziergänger, die einen verpfeifen konnten. Ich holte mit dem Hammer aus, rechnete mit Blut, Schweiß und Tränen. Zu meiner Überraschung traf ich auf keinen Widerstand. Von wegen Granit: Eierschale! Eddis Birne war weich und hohl. Der erste Schlag zerstörte den Charakterkopf fast vollständig. Interessant, wie die Stadt ihren großen Sohn ehrte: wie immer an allen Ecken und Enden gespart.

Benz, der Schmiere stand, pfiff. Ein Radfahrer fuhr vorbei, doch der hatte keine Augen für uns. Er träumte wahrscheinlich vom *Rockpalast*.

Das Lokal *Tomper & Tinnef* bestand aus zwei Abteilungen. Vorne, mit brauner Lederschürze bedient von Fritz Tomper, saßen Rentner beim Null mit Kontra und Schlagermusik. Einen schmalen Durchgang weiter befand man sich im *Tinnef*, in dem Tompers Tochter Gaby das Sagen hatte. Dort trafen sich die Hippies, die sonst auf den Weltfrieden warteten, an diesem Abend aber auf Peter Rüchels eklige Rock-Show.

Rüchel war beim Westdeutschen Rundfunk Chef für Rockmusik und ein langweiliger alter Furz. Er galt als Erfinder der *Rockpalastnacht*. Wie Dr. Bruns war er über vierzig, hatte lange Haare und eine ergriffene Stimme, wenn er von irgendwelchen

Gitarrenhelden sprach. Jedes halbe Jahr durften sich Langweiler, Rockröhren und Pestbeulen wie Peter Gabriel die ganze Nacht in seinem Palast austoben. Als hätte es Punk nie gegeben.

Statt von den Ramones träumte Rüchel öffentlich von Bruce. Bruce Springsteen war sein Gott. Den wollte er unbedingt in seiner Show haben, aber wieder mal hatte er ihn nicht gekriegt. Bruce ließ sich von Schweinerockern aus USA und Fallobst aus England vertreten.

Mitch lehnte gelangweilt am Tresen. Wir stellten uns neben ihn. Otto hatte sich eine Kindersonnenbrille aufgesetzt, Frisör zog seine Jacke aus, damit sein neues T-Shirt mit der RAF-Maschinenpistole besser zur Geltung kam.

Zwei Bärtige mit Stirnband schleppten gerade einen Fernseher rein. Ein Paar von den Latzhosen applaudierten vorfreudig. Wir zogen Rotze hoch, spuckten auf den Fußboden. Die Carpet Crawlers hatten sich und ihrem Harem die erste Reihe gesichert. Die Ersatz-Genesis würden demnächst auf dem Schulfest als Top-Act nach uns spielen. »Nichtskönner!«, rief uns einer von denen zu, und der Latzhosen-Chor gackerte.

Ein Groupie der Crawlers stellte sich neben Mitch an die Theke und bestellte Cola und Bier. Sie wurde sofort bedient. Wir warteten immer noch auf unsere Bestellung. Bevor die Hippietante mit ihrem vollen Tablett abzog, sagte sie zu uns: »Hier stinkt's.«

»Dann wasch dich zur Abwechslung mal wieder, dämliche Kuh«, antwortete Mitch.

Der Fernseher war inzwischen an seinem Platz und angeschlossen. Wieder gab es Applaus, obwohl Rüchels Nacht noch gar nicht begonnen hatte. Ich beschwerte mich bei Gaby Tomper. Wir hatten Mineralwasser und Limo bestellt, weil wir einen klaren Kopf bewahren, clean bleiben wollten, anders als die Kiffer.

»Mineralwasser ist aus.«

»Dann fünfmal Limo.«

»Auch aus«, sagte sie, ohne mich anzusehen. Ich nahm militärische Haltung an und hob die Hand zum Hitlergruß.

»Nazischwein«, rief eine Latzhose, eine andere fasste mich grob an der Lederjacke an. Es war mein Kollege, der Gitarrist der Carpet Crawlers.

»Hast du Müllhaufen eben meine Freundin beleidigt?«

»Das war ich, Schätzchen«, sagte Mitch, riss dem Typen die Baskenmütze vom Kopf und rotzte ihm ins Gesicht. Dessen Schlag traf ins Leere, dafür erwischte Frisör ihn voll. Der Kerl fiel auf den Rücken, heulte auf und brüllte nach Verstärkung. Gaby Tomper griff zum Telefon. Benz rief: »Kommt, wir hauen ab!«

Trotz der vielen Schreie, der im Tumult umstürzenden Stühle und zersplitternden Gläser hörte ich, wie die Erkennungsmelodie des *Rockpalasts* gespielt wurde. Und ich sah, dass Otto ein Gefühl für den richtigen Zeitpunkt hatte. Ein Hieb mit dem Fäustling reichte, um Rüchel und die Mattscheibe des Fernsehers in Trümmer zu legen.

SYLVIA

Mitch hatte, wie er sagte, gebettelt und gefleht, alle Hebel in Bewegung gesetzt und sich den Arsch aufgerissen, um Frisör wieder zu einem Schlagzeug zu verhelfen. Der hatte seine Trom-
meln längst flüssig gemacht.

Es war nicht einfach für Mitch gewesen, an die Telefonnum-
mer zu kommen, berichtete er. Danach wurde es nicht leichter: Mitch musste seinen alten Kumpel stundenlang weich-
kochen, denn so ohne Weiteres wollte der seine Drums nicht
rausrücken. Noch länger dauerte es, bis Mitch seinem Schwager für ein paar Stunden dessen Mercedes mit Anhänger ab-
geschwatzt hatte. Mitch war nach Leverkusen gefahren, wo
der Schlagzeug-Verleiher in einer 30-Kilometer-Zone wohnte.
Dort tappte Mitch in eine Radarfalle, auch das kostete Geld
und Nerven.

Und jetzt das: Mitten in Benz' schöner Saunalandschaft wei-
gerte sich Frisör, das Schlagzeug aufzubauen und mit der Probe
zu beginnen. Statt Dank hagelte es heiseres Geschrei, Vorwürfe
wegen einer längst verjährten Geschichte. Frisör nannte Mitch,
der in den letzten Tagen alles für ihn getan hatte, einen miesen,
charakterlosen Verräter. Genau wie damals, als unser Gesicht
und Frontmann die Seiten gewechselt hatte. Frisör regte sich auf,

als sei das, was vor fünfunddreißig Jahren geschehen war, gerade eben erst passiert.

Er schwor, sich nie im Leben hinter die verdammte Hippie-Schießbude zu setzen, eher würde er sich beide Hände abhacken.

Der esoterisch gestaltete Schriftzug auf der Bass Drum hatte Frisörs Zorn ausgelöst, böse Erinnerungen geweckt. THE CARPET CRAWLERS stand da. Das Schlagzeug gehörte einem unserer früheren Feinde, Frisör sprach sogar von Todfeinden.

Wo das Problem für einen gelernten Anstreicher und Lackierer sei?, fragte Mitch gespielt harmlos. Zweimal mit dem Pinsel drüber, Ende. Warum der Aufstand?

Nach diesen Ausführungen hatten Benz und ich Mordsmühe, Frisör von schwerer Körperverletzung zu Lasten Mitchs abzuhalten.

Nachdem wir damals gehört hatten, was mit Otto passiert war, nahm Mitch, bestimmt zum ersten Mal in seinem Leben, das Wort Pietät in den Mund.

»Ihr wisst, was mir die Band bedeutet«, hatte er gesagt. »Alles. Aber ohne Otto können wir nicht weitermachen. Das wäre Verrat an ihm und am Punk.«

Dabei rang er mit zitternden Lippen um Fassung. Benz wollte sogar Tränen gesehen haben.

»Alles Theater!«, sagte Frisör jetzt und nominierte Mitch fünfunddreißig Jahre nach seiner schauspielerischen Glanzleistung für den Bundesfilmpreis des Jahres 1980. Nachträglich und in Gold.

Keine zwei Wochen nach der bewegenden Auflösung der Lazenbys hatten wir von Mitchs erstem Auftritt als Sänger der Carpet Crawlers erfahren, deren Frontmann wegen einer Liebschaft Knall auf Fall nach Spanien abgehauen war.

»Zum tausendsten und letzten Mal«, sagte Mitch und sog entnervt die wohlriechende Saunaluft ein. »Ohne Otto waren wir doch nur noch die Hälfte wert. Und die Crawlers waren Profis. Die verdienten richtig Kohle. Tourneen und Weiber, wenn ihr versteht, was ich meine. Keiner von uns hätte da widerstehen können. Auch du nicht, Frisör.«

»Nimm meinen Namen nicht in den Mund! Ich fass das verseuchte Drecksding keine Sekunde an. Auf Wiedersehen, meine Herren, ich steige aus.«

Dass wir überhaupt wieder im Rennen waren um die halbe Million, hatten wir Sylvia zu verdanken. Ihr ging es, genau wie Mitch, nicht ums Geld. Sylvia wollte, dass Benz einen Ausgleich fand zwischen Beruf und Familie. Motto: entspannen und abschalten. Und das nicht nur beim Schwitzen in der Sauna.

Nachmittags gegen vier hatten wir unsere Schuhe gegen Filzpantoffel eingetauscht. Benz, der eine Baseballkappe trug, unter der die große runde kahle Stelle verschwand, machte eine kleine Führung. Wir bekamen einen Einblick in die finnische 95-Grad-Sauna mit Urwaldgeräuschen vom Band, ließen uns das Tepidarium, eine 60-Grad-Sauna mit therapeutischen Lichtspielen in vier Spektralfarben vorführen. Die hellten, lernten wir, besonders im Winter und an Regentagen die Stimmung auf. Mitch war begeistert. Er wollte sich in seinem Haus in London auch so ein Ding einbauen lassen. Benz erklärte sich gern bereit, ihn zu gegebener Zeit zu beraten. Ich schaute auf die Uhr.

Dann das Eiswasserbecken, an dessen Rand sich eine nackte griechische Göttin aus weißem Ton räkelte. Bevor wir uns in den Ruheraum begaben, lenkte Benz unsere Aufmerksamkeit auf verschiedene Duschköpfe und hübsche Töpfchen mit Duftzusätzen aller Art.

Frisör sorgte für erste Missstimmung bei Benz, als er sagte: »Der alte Partykeller war mir lieber.«

Im Ruheraum sollten die Proben stattfinden. Die Liegen waren bereits weggeschafft, den kostbaren Fußboden schützten Teppiche aus dem Baumarkt. Ein paar Stühle, unsere Instrumente und die Verstärker, die Benz gegen eine Spende beim Schulorchester ausgeliehen hatte, waren auch schon eingetroffen. Mitch summte vor sich hin und brachte Benz wieder zum Lächeln: »Ein Sound wie in einem Aufnahmestudio!«

Benz reichte schwungvoll Grappa und kündigte Häppchen an. Da entdeckte Frisör die Schrift auf der Bass Drum.

Die Häppchen waren immer noch ein Versprechen. Aber selbst wenn sie da gewesen wären: wahrscheinlich hätte keiner sie angerührt. Mitch nahm wieder bunte Pillen und Frisör noch einen freudlosen Grappa auf ex. Ich rutschte unruhig auf meinem Stuhl herum, sah wieder auf die Uhr.

»Und überhaupt – ich kann sowieso nicht mehr spielen«, sagte Benz mit einer Kopfbewegung zu seiner Bassgitarre, die, der Stimmung angemessen, auf dem Boden lag. »Ich hab's verlernt.«

»Du hast es nie gekonnt«, antwortete Mitch. Der Stand der Dinge und das Rauchverbot im Saunaparadies zerrten sichtlich an ihm.

»Wir hätten uns sowieso nur blamiert«, sagte ich.

»Sich blamieren gehört zum Punk«, konterte Mitch. »Schon vergessen?«

Frisör sprang auf, sein Stuhl kippte um. Mehrere Adern im Kopfbereich schwollen an, und anscheinend lief auch der Countdown zum Großen Flattermann.

»Wenn du dreckiger Hippie noch einmal das Wort Punk in den Mund nimmst, feiert dein Zahnarzt demnächst Richtfest!«

»Ich könnte dir stundenlang zuhören«, antwortete Mitch.

Da war plötzlich ein Geräusch, irgendwas zwischen Brummen

und gefährlichem Fauchen mit gelegentlichen Zisch-Einlagen. Dampfendes Wasser schoss um die Ecke.

»Nein, nicht schon wieder!«, schrie Benz. Er lief zu einer Schalttafel, die weitgehend von einer Riesenorchidee verdeckt wurde, und drückte hektisch und anscheinend planlos auf viele alarmrot leuchtende Schalter.

Frisör war nicht mehr dabei, aber immer noch da. Er hatte die Filzpantoffeln ausgezogen, veranstaltete irgendwas Abscheuliches mit seinen Zehen. Mitch klagte über elende Kopfschmerzen und den Handel mit französischen Autoersatzteilen. Man ließ ihn weiter zappeln, dieses kleine aber verdammt wichtige Teil, das seinem Gangster-Schlitten fehlte, war immer noch nicht eingetroffen. Kein Wort des Bedauerns fiel. Es fiel überhaupt kein Wort mehr.

Benz konnte als erster die Stille nicht mehr ertragen.

»Otto war unsere einzige Attraktion«, sagte er, wobei er intensiv Mitchs Augen suchte. »Eine Punkband mit Akkordeon. *Er* war unser Frontmann! Ohne ihn hätten wir sowieso keine Chance gehabt.«

»Du hast recht, aber ich hätte da vielleicht eine Idee«, sagte ich.

»Hör doch auf. Alles Hirngespinste, Schnapsideen! Ihr alten Säcke werdet nie erwachsen.«

Sylvia kam herein.

»Habt ihr ein Problem?«, sagte sie. »Ihr seid so laut.«

»Bombenstimmung nennt man das«, sagte Mitch mit einem Gesicht wie unter der Folter.

»Da möchte jemand zu euch«, sagte Sylvia und schaute Benz fragend an. »Eine Frau.«

»Eine Frau?«, sagte Benz erschrocken. »Zu uns?«

Ich spürte, wie ich errötete. Wahrscheinlich zum ersten Mal, seit ich zwölf war. Ich verlor fast die Kontrolle, so schön war Yllka. Wenig fehlte, und ich hätte sie umarmt und geküsst.

Sie hatte sich an die Absprache gehalten. Lippen dezent, flache Schuhe. Kein Dekolleté, und bloß keinen Rock bei diesen Beinen. Ohne Murren nahm sie die schrecklichen Filzpantoffeln an, die Sylvia ihr reichte.

Ihr Akkordeon transportierte sie auf einem Trolley. Das Instrument steckte in einer schwarzen Tasche.

»Ist *das* deine Idee?«, fragte mich Benz. »Wo hast du die denn aufgegabelt?«

Mitch fuhr sich durchs dichte Haar. Frisör vergaß zu husten.

»Yllka mit Ypsilon«, sagte ich mit belegter Stimme. »Staatlich geprüfte albanische Akkordeon-Weltmeisterin.«

»Da will ich nicht stören«, sagte Sylvia und ging.

»Bleib doch, Syl!«, rief Benz.

Yllka packte ihr Akkordeon aus und sagte, sie habe nicht viel Zeit. Frisör äußerte den Wunsch, die wenige Zeit allein mit Yllka im Tepidarium zu verbringen, um die therapeutische Wirkung der Spektralfarben zu testen. Kurz darauf fing er an, das verseuchte Hippie-Schlagzeug aufzubauen.

Mitchs Kopfschmerzen hatten sich wohl erübrigt. Er reanimierte sein altes Gewinnerlächeln und schaute Yllka tief in die Augen, während er ihr erzählte, demnächst auf dem Bulevardi Zogu, einer Prachtstraße im Zentrum von Tirana, eine Modeboutique zu eröffnen. Übrigens suche er noch eine Geschäftsführerin. Mitch redete wie ein Zirkusansager. Besonders laut wurde er bei den Worten Prachtstraße und Geschäftsführerin.

Frisör fluchte, als sei er allein auf der Welt. Irgendwas stimmte mit dem Hippie-Schlagzeug nicht. Der Mathematiklehrer Benz sagte: »Mir ist es ja egal. Aber jetzt gibt es im Fall der Fälle nur noch hunderttausend pro Nase. Wollte ich nur erwähnt haben.«

Yllka fing an, sich warm zu spielen. Es dauerte nicht lange, da schrie Mitch »Yeah« und hob die rechte Faust. Dann sank er bühnenreif nieder und küsste dem neuen Bandmitglied die Füße.

HELEN

Ich hatte sie lange nicht gesehen. Und dann trafen wir uns auf einmal jeden Tag.

Der Fototermin war an einem Dienstag. Helen, die nicht nur Nachhilfestunden gab, sondern auch für den Lokalteil des *Volksboten* fotografierte und kleine Artikel schrieb, hatte den Dienstag ausgesucht, weil da bei uns im Viertel der Müll abgeholt wurde. Mitch, Benz und ich schwänzten eine Doppelstunde Latein, Otto hatte als freischaffender Motorroller-Besitzer sowieso Zeit, und Frisör feierte Überstunden ab. Wir posierten gespielt schlecht gelaunt vor und auf Mülleimern, und die Müllmänner ließen sich von Helen, die einen scharfen Rock trug, breitschlagen, dass wir mal kurz auf ihrem Fahrzeug herumturnen konnten. Helen knutschte mit Otto, flirtete und alberte mit Mitch und Frisör herum. Benz und mich behandelte sie wie Statisten zweiten Grades.

Foto und Artikel erschienen am übernächsten Tag unter der Überschrift *Punk-Band mit Akkordeon*. Unsere Namen wurden erwähnt und welche Instrumente wir spielten. Das Foto war toll, Helen hatte uns alle gut getroffen. Wir waren jetzt nach den Clash die Punkband, die am besten aussah. Mitch würde sich trotzdem nicht freuen. Eigentlich, hatte Helen geschrieben, sollten wir Otto & The Lazenbys heißen, denn der Akkordeonist sei der wichtigste Mann in der Band.

Wir waren zwar nicht auf dem Cover des *Rolling Stone*, aber für den Anfang war das gar nicht so schlecht. Auf dem Weg zur Schule kaufte ich mir fünf Exemplare des *Volksboten*. Ich achtete darauf, dabei nicht gesehen zu werden.

Mitch behauptete, die Zeitung noch nicht gelesen zu haben. Er denke auch gar nicht daran, sich den Artikel anzusehen. Das Geschreibsel einer siebzehnjährigen Vollschlampe in einem schmierigen Provinzblättchen interessiere ihn nicht im geringsten.

Im *Goethe* waren wir das Gesprächsthema. Sogar Hausmeister Willi Latz fragte nach Autogrammkarten. Anfangs war es ein hübsches Popstar-Gefühl, obwohl ich cool jedes Lächeln vermied und mich als Abwiegler betätigte, aber dann wurde die Fragerei nach unserer ersten Platte und wie viele Groupies wir hätten lästig und blöde.

Es gab aber noch Schlimmeres an diesem Tag. In der zweiten großen Pause erfuhren wir, dass die Carpet Crawlers ihren Auftritt auf dem Schulfest abgesagt hatten, weil sie mit uns nichts zu tun haben wollten. Die Rache für Rüchel. Was für eine hinterhältige Hippie-Schweinerei. Doch Mitch und Benz feierten das Desaster wie einen Sieg.

»Nun sind wir der Top Act!«

Wir hatten gerade mal sieben Stücke im Repertoire, keines davon dauerte länger als zweieinhalb Minuten. Eine Viertelstunde war schon arg knapp für eine Vorgruppe, für eine Hauptattraktion jedoch sechzig Minuten zu kurz.

»Keine Panik, uns fällt schon was ein«, sagte Mitch. »Wir proben einfach noch ein paar neue Nummern.«

»Oder wir spielen unser Programm zwei- oder dreimal hintereinander«, sagte Benz.

»Wir sagen *auch* ab«, sagte ich, jede Silbe betonend. »Oder ich bin raus.«

Am nächsten Tag traf ich Helen wieder. Sie lehnte an einer Litfasssäule, hatte den Kopf in den Nacken gelegt und ein Taschentuch vor der Nase.

»Ich bin ein Wrack«, sagte sie.

Ich lenkte ihren Kopf nach vorne, drückte mit Daumen und Zeigefinger auf ihren Nasenrücken. Ich konnte ihr Parfüm riechen. Ein mobiler Würstchenverkäufer pries in gebrochenem Deutsch seine weltberühmte Currysoße an. Tauben und Kinder beobachteten uns. Ein Kind fragte: »Muss die Frau sterben?« Warmer Wind spielte mit Zeitungspapier. SOWJETS TESTEN NEUE MONSTER-BOMBE! Helen blutete dank meiner Behandlung nicht mehr, aber ihr weißes T-Shirt hatte einiges abbekommen.

»Ich wohn gleich um die Ecke«, sagte ich. »Kann dir Wasser und Waschmittel anbieten.«

»Du bist wohl immer da, wenn man dich braucht«, sagte Helen.

»Nur wenn *du* mich brauchst.«

Wir gingen los. Erschrocken über das, was ich zuletzt gesagt hatte, hielt ich erstmal den Mund. Polizeisirenen, Leute in Trauerkleidung kamen aus einem jugoslawischen Lokal heraus, rote Köpfe und Lachen, eine Frau zupfte Flusen vom Jackett ihres Mannes. Helen machte Konversation.

»Du willst bestimmt Medizin studieren. Bei deinen Fähigkeiten.«

»Nicht drin bei meinen Noten«, antwortete ich. »Die kleinen Tricks hab ich von meiner Mutter. Krankenschwester.«

Wir kamen an einem Taxistand vorbei. Einer der Fahrer hörte bei offener Tür laut Radio. *UmdadaUmdada, Santa Maria, Insel die aus Träumen geboren.*

»Die Nummer eins in Deutschland«, sagte Helen und verzog das Gesicht. »Roland Kaiser. Meine Mutter hört seit Wochen nichts anderes. Von morgens bis abends UmdadaUmdada. Schlimmer als Schluckauf und Nasenbluten zusammen, oder?«

Ich öffnete die Haustür, schämte mich für die abblätternde Farbe an den Wänden und die Gerüche im Treppenhaus. Eine Mischung aus Blumenkohl, Bratfisch und Kettenrauch. Auch das Geschrei in den Wohnungen zerrte an meinen Nerven. Als hätten sich alle zu einer Scheidungs-Party verabredet. Es war ein quälend langer Weg bis zur dritten Etage.

Meine Mutter hatte Spätschicht. Ich flatterte, fand das Waschmittel aber sofort. Bevor ich Helen ins Bad ließ, überzeugte ich mich davon, dass dort alles in Ordnung war. Zur Sicherheit versprühte ich Deo-Spray. Während Helen ihr T-Shirt bearbeitete, zog ich meine Lederjacke aus und räumte auf die Schnelle mein Zimmer auf. Ich legte The Cure auf, holte zwei Dosen Bier aus dem Kühlschrank, schaffte Erdnüsse und Knabbergebäck heran. Einen Moment später brachte ich das Knabberzeug wieder weg, weil es mir irgendwie spießig vorkam. Mein Zimmer brachte ich wieder in Unordnung. Im Flur zerwühlte ich vor dem Spiegel sorgfältig meine Haare, gelte sie mit Zuckerwasser aus der Vorratsflasche und zog die Lederjacke wieder an, dabei fragte ich mich, was Helen so lange im Bad trieb. Ich brachte nun auch das Bier zurück in den Kühlschrank, denn Alkohol um zwei Uhr nachmittags war vielleicht doch etwas früh für eine Frau. Als ich ein komisches Geräusch im Bad hörte, klopfte ich an die Tür.

»Alles okay? Oder hast du jetzt Blinddarm? Skalpell liegt bereit.«

Helen öffnete. Ihr BH war nicht transparent, aber mindestens halb-transparent. Sie versuchte, ihr T-Shirt mit dem Fön zu trocknen, aber der war schon seit langem kaputt. Das einzige, was er noch produzierte, war Lärm. Ich hätte ihn längst weggeschmissen, aber meine Mutter glaubte bei technischen Defekten an die Kraft der Selbstheilung.

Helen versuchte es mit Wedeln. Wir gingen in mein Zimmer. Helen sah sich um, und dann sagte sie: »Bist du schwul?«

Ich würgte einen schrecklich klingenden Laut hervor. Sie zeigte auf die Poster an den Wänden. Die Sex Pistols, Clash und Che Guevara.

»Nur Kerle, keine Frauen.«

»Mutter Theresa und Margaret Thatcher hab ich zurzeit verliehen.«

Helen wedelte. Ihre Brüste hüpften dabei. Ich wusste nicht, wohin mit meinen Augen und wünschte, sie würde endlich das verdammte T-Shirt anziehen. Eine vollständig angezogene Helen machte mich schon verlegen, eine halb nackte total konfus. Ich flüchtete mich in die Welt der Wissenschaft, genauer: der Medizin, und fragte sie, ob sie regelmäßig Medikamente nehme.

»Weiß nicht. Neulich mal Aspirin. Warum?«

»Aspirin wirkt blutverdünnend. Manche kriegen dann Nasenbluten.«

Ich quasselte weiter in dieser pseudo-nüchternen Art, weil ich spürte, dass mir das guttat, dass ich mich fing und wieder festen Boden unter den kaputten Turnschuhen bekam.

Da zog Helen ihr T-Shirt an. Ausgerechnet jetzt, wo ich mit der Situation klarkam. Insgesamt hätte sie sich die Mühe aber sparen können, denn zum Abschied gab sie mir einen Kuss, der immer länger dauerte, gar nicht aufhörte, und im Laufe dieser Aktion wurde das T-Shirt wieder überflüssig.

Mitch hatte im *New Musical Express* gelesen, The Exploited machten Musik für die unterste Unterschicht. Sie hatten noch keine

LP raus, nur zwei Singles, galten aber als heißer Tipp. Und jetzt traten sie in der Nachbarstadt auf, in einem Laden, der UKW hieß.

»Pflichttermin!«

Zwei Exemplare der englischen Musikzeitung *NME* gab es mit zweiwöchiger Verspätung an einem Kiosk am Bahnhof, der seltsamerweise Hauptbahnhof hieß. In einer Unterführung, wo Plakate Fahrgäste und Hundebesitzer vor ausgelegten Rattenködern warnten. Ein Heft war für Connie und Harry reserviert, das andere für uns. Der Kiosk-Inhaber machte immer Witze, in denen Sex mit Tieren vorkam. Sein Transistorradio spielte Schlager. Dazu trank er Bier aus der Flasche.

Connie und Harry lungerten da gern rum. Manchmal taten sie so, als würden sie sich mit einer Rasierklinge an ihren Pulsadern vergreifen, was die Bahnreisenden Richtung Köln oder Mönchengladbach in der Regel mit Fassung trugen.

Die beiden kamen uns kurz vor dem UKW entgegen. Connie flennte, weil die Türsteher sie wegen ihres schicken Outfits aus dem Punk-Versandhauskatalog abgewiesen hatten. Benz reichte Connie ein Papiertaschentuch, dann nahmen wir die beiden Idioten in unsere Mitte. Wir fühlten uns stark, unbesiegbar.

Als wir eine halbe Stunde zuvor in den Bus Richtung UKW gestürmt waren, hatten die anwesenden Hippies und der Rest der Menschheit richtig Schiss gekriegt. Als wären wir eine verdammte Horde Nazi-Schläger. Dabei hatten wir nur kurze stachlige Haare, spuckten ab und zu auf den Boden, redeten ein bisschen laut. Dann vielleicht noch Ottos altmodischer Sturzhelm, seit neuestem mit aufgemaltem Totenkopf. Mehr war da nicht gewesen. Aber überall Angst und Schrecken vom Feinsten.

Einer der beiden Türsteher, ein roter Irokese mit Gesichtstätowierung, zeigte auf unsere Jeans und sagte: »Mit Hippie-Hosen kommt ihr hier nicht rein.«

Er war ganz in Leder, sein Kollege trug kaputte gelbe Plastikhosen, wie man sie manchmal bei Radfahrern sehen kann, wenn es stark regnete.

Otto schob sich nach vorne, baute sich vor dem Irokesen auf. Mit einer plötzlichen Bewegung packte er ihn am Ohrläppchen, riss ihn nah an sich heran und verpasste ihm zwei laute Ohrfeigen. Der Kerl stand ganz starr und verbogen, ohne Gegenwehr, wie unter Hypnose. Der Plastikmann schrie, er werde Otto Manieren beibringen, aber dann überlegte er es sich schnell anders und winkte uns durch.

Im UKW waren alle Wände und die Decke schwarz gestrichen. Aus billigen Boxen kam übersteuerte Musik. Kaltes, sehr helles Licht wie in einer Fabrik oder in einem Operationssaal. Eine Händlerin mit viel Metall im Gesicht und an den Ohren stand hinter einem Tapeziertisch. Sie verkaufte Dosenbier und Buttons.

Man trank und versuchte, unbeteiligt auszusehen. Otto behielt seinen Sturzhelm auf. Benz wuchs eine Kaugummiblase aus dem Mund. Frisör holte Nachschub. Connie zeigte ihre gepiercte Zunge. Ich musste die ganze Zeit an Helen denken.

»Was glotzt du so romantisch?«, brüllte Mitch mir ins Ohr.

Als The Exploited auf die Bühne kletterten, wurde das helle Licht nicht gedämpft, wie sonst bei Konzerten üblich. Es blieb gnadenlos blendend hell. Das war aber auch das einzige, was nicht passierte.

Mit Tritten und Ellbogen drängte alles nach vorn. Die Punks, die es bis zum Bühnenrand geschafft hatten, empfingen die Band mit Rotze und Bierduschen. Von weiter hinten wurden halb volle und leere Dosen geworfen. The Exploited warfen zurück, was sie in die Hände kriegten und brüllten dabei *Punks not dead!* Ihr Sänger, ein kleiner, dicklicher Typ, der gegen die UKW-Vorschrift Jeans trug, boxte, kickte und spuckte mit bewundernswerter Energie, bevor er anfing, sein Mikrofon zu misshandeln. Der Bassist setzte sein Instrument abwechselnd wie ein Bajonett und eine Sense ein. Die Händlerin und ihr in Einzelteile zerlegter Tapeziertisch flogen vorbei. Ich ertappte mich bei dem Gedanken, jetzt lieber bei einem Pink-Floyd-Konzert zu sein.

Als das Trümmerfeld angerichtet war, besannen sich The Exploited auf ihren eigentlichen Job. Der Pogo begann. Vor der Bühne sprangen alle auf und ab, rempelten sich, traten nach. Mitten im Getümmel Otto, der mit seinem Sturzhelm Stöße in alle Richtungen verteilte, mit seinen Pranken für Filmrisse und blaue Flecke sorgte. Der Kriegstanz der Panzer-Krokodile war damit verglichen bloß Schwangerschaftsgymnastik. Connie, pitschnass von Bier, Rotz und ihren Tränen, klammerte sich an mich. Harry war ihr abhanden gekommen. Auch ohne ihn wollte sie nur noch eins: sofort nach Hause.

Eine Woche später waren wir dran. Meine Ohren klingelten immer noch von den Exploited. Inzwischen war ich nicht mehr der einzige, der unter Schlafstörungen litt, auch Benz und Frisör nahmen das Wort Absage immer häufiger in den Mund, je näher der Termin rückte. Wir probten keine neuen Stücke ein, um unser 15-Minuten-Programm zu erweitern, weil Otto dringend seinen Roller reparieren musste und Mitch behauptete, eine Lösung gefunden zu haben. *Die* Lösung. Welcher Art *die* Lösung war, verriet er nicht.

Und dann hörte ich auch noch, wie ein Psychologe im Radio erzählte, Musiker würden unter starker emotionaler Anspannung schneller spielen. Wenn der Typ recht hatte, würde unsere Darbietung bereits nach neun Minuten zu Ende sein.

»Macht euch keine Sorgen«, sagte Mitch. »Ich mach mir auch keine.«

Musiklehrer Crombach ließ es sich nicht nehmen, die einleitenden Worte zu sprechen. Zwar, führte er aus, habe sich ihm das Wesen und der tiefere Sinn der Punkmusik noch nicht erschlossen, doch ein endgültiges Urteil maße er sich nicht an. Das sei Aufgabe künftiger Generationen. Dann setzte er sich mit der Bedeutung von A-Dur-Arpeggios und Oktavtönen in der Musik von Pink Floyd auseinander.

Wir standen im Halbdunkel hinter dem Bühnenvorhang. Es war heiß und stickig. Ich schwitzte unter der Lederjacke und wartete auf die Katastrophe. So mussten sich Soldaten im Grabenkrieg fühlen, wenige Minuten vor einem aussichtslosen Sturmangriff. Benz und Frisör ging es nicht besser, sie klagten über Brechreiz. Beide rochen nach Schnaps.

Otto und Mitch waren bester Laune. Sie raunten Willi Latz dreckige Witze zu. Der Hausmeister war für die Bühnentechnik zuständig und kannte noch dreckigere. Das Publikum wurde unruhig. Oberstudienrat Crombach ließ sich nicht stören in seiner Analyse.

Ich konnte mich nicht mehr an die Reihenfolge der Stücke erinnern. Sicherheitshalber hatte ich sie auf einen Zettel geschrieben, aber der war jetzt weg. Benz und Frisör waren auch keine Hilfe. Sie hatten wie ich alles vergessen, sogar ihren Namen, behaupteten sie. Am liebsten wäre ich auf der Stelle tot gewesen.

Vielleicht hatte ich nicht nur wegen des dünnen Programms maximales Lampenfieber. Die Bühne, das Licht der Öffentlichkeit waren nicht mein Leben. Mit neun hatte ich meinen ersten öffentlichen Auftritt in den Sand gesetzt. Besser gesagt: er war mir gründlich in den Sand gesetzt worden. Das steckte mir wohl immer noch in den Knochen.

Es war am Ersten Weihnachtstag, Hochamt mit viel Weihrauch und Orgel in St. Barbara. Ich saß weit vorn, zweite Reihe außen. Pfarrer Timberg, der auch mein Religionslehrer in der Schule war, hatte gerade aus der Weihnachtsgeschichte vorgelesen und wandte sich jetzt an die Kinder. Er fragte, was alles zu einer Krippe gehöre. Ich war nicht gut in Religion, konnte mir das Apostolische Glaubensbekenntnis nicht merken. Aber das mit der Krippe wusste ich, wir hatten zu Hause eine, die stand unter dem Christbaum. Vielleicht war das die Chance, meine Note zu verbessern. Pfarrer Timberg nahm mich als vierten dran. Das Jesuskind, Josef und Maria, die Engel und Hirten und die Heiligen Drei Könige hatten mir meine Mitschüler schon weggeschnappt. Mir blieben nur noch Ochs und Esel, und die nannte ich dann.

»Das sagt der Richtige«, sagte Pfarrer Timberg. Alle fingen an zu lachen, zunächst leise, weil wir ja in der Kirche waren, aber dann immer lauter. Auch die Erwachsenen vergaßen, wo sie waren. Man starrte mich an, manche zeigten auf mich. Obwohl Jesus selbst viel Pech gehabt hatte, bevor er allmächtig wurde, hielt er sich raus, half mir nicht. Der Pfarrer versuchte, mit abwinkenden Händen für Mäßigung zu sorgen. Es kostete ihn Mühe, bis er das geschafft hatte.

Als es allmählich wieder still wurde, hörte man schnelle, energische Schritte. An Feiertagen trug meine Mutter Schuhe mit hohen Absätzen. Sie war damals schon Stationsschwester, mit ihr war nicht zu spaßen. Sie fasste mich am Arm, zog mich aus der Bank und sagte laut: »Komm, Junge, hier haben wir nichts mehr zu suchen.«

Alle drehten sich nach uns um, der Pfarrer rief etwas, das ich in der Aufregung nicht verstand. Kaum waren wir in unserer

Wohnung, warf meine Mutter alle Krippenfiguren in den Mülleimer. Sie sagte, wir würden nie mehr zur Kirche gehen, wenn
Timberg (das *Pfarrer* ließ sie weg, als sei der ein Mensch wie jeder andere) mich nicht öffentlich um Entschuldigung bitte. Das
tat er nicht, und auf dem nächsten Zeugnis hatte ich in Religion eine Fünf.

Endlich rief Oberstudienrat Crombach: »Vorhang auf und einen
warmen Applaus für Mitch and the Lazenbys!«
    Es war bestimmt das erste Punk-Konzert, das in einem be-
stuhlten Saal stattfand. Die muffige Aula war zu drei Vierteln
besetzt. Goethe war auch da, in Öl und selbstherrlich.
    Eiseskälte, als wir auf die Bühne kamen. Zwei, höchstens drei
Zuhörer klatschten kurz. Es hörte sich höhnisch an. Unsere Mitschüler hatten sich anscheinend abgesprochen, uns fertigzuma-
chen. Das hatten bestimmt die Carpet Crawlers eingefädelt.
Oder die Arschgesichter von der Schüler Union. Vielleicht sogar
gemeinsame Sache.
    Aber sie hatten nicht mit Otto gerechnet. Ungeplant mach-
te er den Anfang mit seinem schrägen Akkordeon und *Santa
Maria*, dem aktuellen Hit von Roland Kaiser. Es dauerte nicht
lange, bis gehässige Ablehnung in Begeisterung umschlug. Viele kletterten auf ihren Stuhl, die geistige Elite der Stadt klatsch-
te und sang *Umdada Umdada / Santa Maria / Insel die aus Träumen geboren / Ich hab meine Sinne verloren / In dem Fieber das wie
Feuer brennt.*
    Ja, der wunderbare rheinische Frohsinn. Nach ungefähr vier
Minuten Grölen und Schunkeln haute ich mit dem Gitarrenriff
von *Sheena is a Punkrocker* dazwischen. Ich drückte auf die Tu-
be, legte mich ins Zeug. Plötzlich machte es Spaß, auf der Bühne zu stehen. Mitch, der bisher die allgemeine Volksbelustigung
irritiert vom Bühnenrand aus verfolgt hatte, warf sich in Pose,

sprang und hüpfte, stellte artistische Sachen mit dem Mikro an. Im *Volksboten* stand zwei Tage später *Mitch Jagger riss alle mit und hin*. Helen bestritt, damit etwas zu tun zu haben. Ein neuer Redakteur habe sich da literarisch ausgetobt, sagte sie.

Alles andere aber war von ihr geschrieben. Den Stromausfall, der uns pünktlich nach der sechsten Nummer ereilte, hatte sie erwähnt, dabei den Einsatz des Hausmeisters hervorgehoben. Ganz verzweifelt sei der mit seinem großen Werkzeugkasten tätig geworden, um das Konzert zu retten. Herr Latz, so Helen, habe alles Menschenmögliche unternommen, leider erfolglos. *Ein atemberaubendes, leider viel zu kurzes Punk-Konzert der Extraklasse. Von dieser Band wird man noch viel hören!*

Davon, dass Willi Latz zum richtigen Zeitpunkt für die Panne gesorgt hatte und sich dafür auf zwei Kästen Bier freuen konnte, stand nichts in der Zeitung. Mitch hatte die die freundliche Sabotage inklusive Aufwandsentschädigung mit dem Hausmeister ausgehandelt, wie er beim After-Show-Besäufnis ganz nebenbei verriet. Dann bat er uns zur Kasse.

BORIS

Helen hatte mir beigebracht, dass Flüchtlinge aus Krisenge-
bieten Geflüchtete heißen. Flüchtling klinge herabsetzend wie
Sträfling oder Feigling.

Vierzehn geflüchtete Männer waren einen Tag vor Heiligabend
ins Vereinsheim des Kreisligisten SV Rön gekommen, dessen Vorsitzender die Aktion ins Rollen gebracht hatte. Einige der Gäste
drückten sich um einen Weihnachtsbaum herum, andere schauten sich Mannschaftsfotos und Wimpel an. Dabei wirkten sie,
als wollten sie jeden Moment wieder abhauen. Es gab allerdings
eine Ausnahme. Die hieß Jamal, wie ich bald erfahren sollte. Jamal war einen Kopf größer als die anderen und trug Dreitage-
stoppeln statt Vollbart. Er wanderte von Mikrofon zu Mikrofon
und redete flüssig Englisch.

Auch überregionale Presse war an diesem Vormittag da und
Radio und Fernsehen. Doppelt so viele Journalisten waren erschienen wie Iraker, Afghanen und Syrer. Die gespendeten Fuß-
ballschuhe, Trikots, Trainingsanzüge und Bälle wurden gefilmt,
fotografiert und beschrieben. Fünf Mannschaften hätten damit
ausgestattet werden können. Der Vereinsvorsitzende zeigte sich
so gerührt von der Spendenbereitschaft, dass ihm die Stimme
wegblieb.

Ich sollte auch was sagen. Ich hatte mir nichts überlegt, weil ich nicht mit Kameras und Mikros gerechnet hatte. An Journalistenfragen, die sich nicht um Fußball drehten, war ich nicht gewöhnt. Mit viel Räuspern sagte ich, dass ich kein Wohltäter sei, sondern nur aus Liebe zu meiner Frau mitmache. Sie habe mich hergeschickt. Die Flüchtlinge hätten natürlich mein Mitgefühl, und vielleicht sei ja ein Lionel Messi oder Manuel Neuer darunter.

»Sie waren richtig gut, so authentisch«, sagte eine schöne Reporterin des Westdeutschen Rundfunks zu mir, als endlich Schluss war und Frau und Töchter des Vorsitzenden anfingen, Kaffee, belegte Brötchen und Weihnachtsgebäck zu verteilen. Ich ärgerte mich, weil ich in der Aufregung wieder Flüchtlinge gesagt hatte. Erleichtert war ich aber auch. Ich dachte, das Schlimmste sei jetzt überstanden.

Die WDR-Reporterin verabschiedete sich von mir. Sie hatte einen warmen, festen Händedruck und sagte: »Bleiben Sie am Ball.«

An den dachte ich in diesem Augenblick nicht im entferntesten.

Von Anfang an machte Jamal Ärger. Während sich die anderen schnell einkleideten, beklagte er sich, dass es in seiner Größe nur total abgenutzte Schuhe gäbe, und ein Trikot des FC Bayern München könne er auch nicht finden. Ich gab ihm den Rat, die Spender zu verklagen. Humor war aber nicht seine Stärke. Wiederholt betonte er, irakischer Nationalspieler zu sein. Kein Grund für mich, auf die Knie zu fallen, bloß weil der Kerl mal gegen den Libanon und die Jungferninseln gekickt hatte. Nach langem Hin und Her fand er sich mit einer schwarz-gelben Kluft und Schuhen ab, die in besserem Zustand waren als meine.

Bei angenehmen zehn Grad für Ende Dezember gingen wir auf den Trainingsplatz. Die Geflüchteten waren an höhere Temperaturen gewöhnt. Sie beschwerten sich wegen des Wetters, waren auf eine geheizte Halle eingestellt. Wir würden aber unter freiem Himmel auf Asche trainieren.

Jamal und seine Kollegen wollten auf den benachbarten Rasenplatz, doch der war gesperrt. Er sollte sich während der Winterpause erholen.

Ich winkte alle Geflüchteten zu mir und hielt eine kleine Ansprache auf Englisch, in der ich uns viel Spaß miteinander wünschte. Jamal übersetzte ins Arabische. Dann schickte ich sie auf die Reise um den Sportplatz, damit ihnen schön warm wurde. Nach einer einzigen Runde wollten sie nicht mehr.

»We want play with the ball«, rief mir Jamal in scharfem Ton zu.

»We work with the ball in about ten minutes«, sagte ich, vorher müssten aber noch weitere Aufwärm- und Lockerungsübungen absolviert werden.

Jamal redete kurz aber flammend auf die anderen Geflüchteten ein, bis die anfingen, mit verschränkten Armen Löcher in die Luft zu starren.

Ein solches Verhalten hatte ich in meiner langen Trainerkarriere noch nicht erlebt. Höchste Zeit, andere Saiten aufzuziehen. Langes Fackeln wäre jetzt tödlich gewesen, das hätten sie mir als Schwäche ausgelegt. Es musste durchgegriffen werden. Motto: Wer nicht mitzieht, geht duschen.

Aber ich hatte vergessen, mein Handy auszuschalten. Helen sagte, sie habe mich im Lokalradio gehört, und dass sie sehr stolz auf mich sei und mich liebe.

»Okay«, rief ich den Putschisten zu und zeigte auf das große Netz mit den gespendeten Bällen. »Work with the ball!«

Ich war nicht unglücklich, dass Frisör mein Angebot ablehnte, die Weihnachtstage bei uns zu verbringen statt in seiner Höhle ohne Strom. Zwischen Heiligabend und den ersten Tagen des neuen Jahrs hatte er sich, nicht zum ersten Mal, zur Entgiftung in der Psychiatrie einquartiert. Angeblich warteten dort gut gebaute Pflegerinnen auf ihn, die sich darauf freuten, ihn nach allen Regeln der Gunst verwöhnen zu dürfen.

Frisör lallte so stark, dass ich oft nachfragen musste. Das ging ihm auf die Nerven, machte ihn wütend. Er drohte mit Abbruch des Gesprächs, nannte mich laut und jetzt deutlich einen schwerhörigen alten Sack, zu geizig, um sich ein Hörgerät zu kaufen. Als ihm keine Beleidigungen mehr einfielen, erinnerte ich ihn an die Golden Oldie Show, nannte ihm für alle Fälle noch einmal den Sendetermin. Seine lange Antwort konnte ich wieder nur bruchstückhaft verstehen.

»Noch mal, was hast du gesagt? Flimmtütchen? Was für Flimmtütchen?«

Da war Frisör es endgültig leid.

Kaum war er aus der Leitung, meldete sich Mitch. Die sechsundzwanzigjährige Sex-Bestie Marie-Christine war überstürzt nach Lyon gereist, weil ihr Vater eine Herzattacke erlitten hatte. Und jetzt lag Mitch in der schicken Einliegerwohnung auf dem Riesenbett, nur Boris war noch da, der ihn mit großen traurigen Augen anschaute, denn Frauchen und Herrchen waren kurzentschlossen über die Feiertage nach Florida geflogen.

»Kein Baum«, sagte ich. »Keine Kindheitserinnerungen. Keine Bescherung und kein Gesang. Es gibt Würstchen und Fischstäbchen, falls überhaupt. Und auf keinen Fall schauen wir uns *Der kleine Lord* oder *Während du schliefst* an.«

»Wunderbar!«, rief Mitch, und zwar so laut, dass ich um mein Gehör bangen musste.

Helen stellte dann doch ein paar Tannenzweige mit Lametta und bunten Sternchen in eine Vase. Und wir tischten Asiatisches auf, Geflügel mit Mango, Pilzen und allerlei scharfem Gemüse. Mitch wurde nicht müde, unsere Kochkünste zu loben, er aß aber nur wenig. Er trank auch keinen Weißwein, sondern bat um grünen Tee. Boris hatte sich auf dem Teppich breit gemacht und schnarchte.

Vormittags hatte es einen überraschenden Anruf aus Aschaffenburg gegeben. Nach einer schwachen Hinrunde suchte man einen neuen Trainer. Man denke da auch an mich, sagte der Sportdirektor. Er blieb in seinen Äußerungen aber so vage und ausweichend, dass ich ihn fragte, ob er mich aus Langeweile anrief. Das nahm er mir übel.

»Ich möchte sowieso nicht nach Bayern«, sagte ich jetzt. »Was soll ich als Rheinländer da?«

»Was für ein Blödsinn«, rief Helen. »Du redest wie ein beschränkter alter Esel. Zweieinhalb Autostunden sind es maximal bis Aschaffenburg. Das ist eher Hessen als Bayern, Frankfurt ist nicht weit. Ich würde dich da ganz oft besuchen!«

Ich verschluckte mich. Reiskörner und anderes Zeug, das in meiner Luftröhre nichts zu suchen hatte, machten mir zu schaffen. Es dauerte, bis ich mich gefangen hatte.

»Besuchen?«, fragte ich heiser. »Willst du mich loswerden?«

»Ich mein doch nur«, sagte Helen. »Wäre vielleicht gut für dich, hier mal rauszukommen.«

Das musste ich erst einmal überdenken.

»Hast du einen anderen?«, fragte ich dann und schob meinen vollen Teller weit weg.

Schweigend servierte Helen frische Ananas mit Sahne. Ich blätterte in der Fernsehillustrierten. Tausend Sender und nichts als Mist.

Mitch beendete die Weihnachtsstille. Über Aschaffenburg wusste er glücklicherweise nichts zu berichten, dafür kannte er sich in London umso besser aus. Auch in den abgelegenen, nicht angesagten Stadtteilen hatte er Interessantes entdeckt. Zum Beispiel Elephant and Castle. Hier war er auf die Häuser gestoßen, in denen Charlie Chaplin und Michael Caine aufgewachsen waren. Diese Orte standen angeblich in keinem Reiseführer.

»Übrigens, Mitch«, sagte Helen. »Ich hab im Netz nichts über dich und deine Modefirma gefunden. Wie kann das sein?«

»Weil ich das so will!«, sagte Mitch mit Nachdruck. »Drüben beschäftige ich einen cleveren Informatiker, Geoffrey. Der ist mit nichts anderem beschäftigt, als mich aus dem Internet rauszuhalten. Schreibt da einer in Hongkong oder Buxtehude was über mich, pling, schon hat Geoff ihn beim Kragen und seinen Scheiß gelöscht.«

Helen lachte und musste aufpassen, dass sie sich nicht am Nachtisch verschluckte.

»Und warum?«

»Kann ich dir gern sagen. Mit dieser Pest will ich nichts zu tun haben. Nicht gemeinsame Sache machen mit Kinderschändern, Hasspredigern, Exhibitionisten und all den anderen Perversen, die sich da tummeln, verstehst du?«

»Ach Mitch«, sagte Helen zugleich mitleidig und spöttisch. Sie tupfte sich einen kleinen Sahneklecks vom Mundwinkel. Mitch quasselte noch ein bisschen weiter, brach dann aber mitten im Satz ab. Nachdem ich die Dessertteller eingesammelt und in die Spülmaschine geräumt hatte, schaltete ich den Fernseher ein. Die Wetterfrau bat um Entschuldigung für zehn Grad über Null. Boris wälzte sich schwerfällig auf die andere Seite und schlief weiter.

Wir zogen vom Esstisch zum New-Wave-Sofa um. Helen saß zwischen Mitch und mir. Sie zeigte viel Bein. Ihr Kleid rutschte bei jeder Bewegung höher. Obwohl die Wohnung gut geheizt war, behielt Mitch seine schwarze Lederjacke an. Ich trug *keine* braunen Cord-Pantoffeln an den Füßen.

Topsi Erdenbürger hatte sich als Weihnachtsengel verkleidet. Bevor ich einen Kommentar abgeben konnte, warnte Helen mich, einen Kommentar abzugeben. Sie wolle sich die Sendung nicht durch meine dummen Sprüche verderben lassen.

»Heute sieht Topsi aber wirklich wie ein schwangerer Rollmops aus«, sagte Mitch.

»Das gilt auch für dich, Mitch!«

Slade eröffneten die Sendung musikalisch mit *Merry Xmas Everybody*, ihrem Weihnachtshit von 1973. Zwei Typen trugen Cowboyhüte. Die waren natürlich billiger als ein anständiges Toupet. Topsi schwebte in ihrem Engelskostüm durchs Studio, sie strampelte mit den Beinen, wedelte mit den Armen und schien um Hilfe zu schreien. Als die Musik aus war, sagte sie mit klimpernden Wimpern: »Ich bin ein Engel mit Flugangst!«

Schallendes Gelächter vom Band.

Helen sagte: »Das war jetzt wirklich ein bisschen daneben.«

Der englische Sänger Barry Ryan ging auf die siebzig zu, brauchte aber keinen Cowboyhut. Sein Song hieß *Eloise* und war, wie Topsi von einem Zettel ablas, in der Weihnachtszeit 1968 überall ein Nummer-1-Hit gewesen. Barry Ryan gab sich Mühe. Er wollte sich sein Lied, das er bestimmt schon hunderttausendmal gesungen oder gemimt hatte, von Topsis Mätzchen und Faxen nicht kaputtmachen lassen lassen. Sie tänzelte um ihn herum, aber er ignorierte sie, konzentrierte sich auf seine Nummer.

In der Werbepause öffnete ich den Champagner, den Mitch mitgebracht hatte.

Er winkte ab, als ich ihm einschenken wollte und blieb bei seinem grünen Tee. Wieder diese Kopfschmerzen, und die bunten Pillen vertrugen sich nicht mit Alkohol. Mit Fingern beider

Hände massierte Mitch Schläfen und Stirn. Helen riet ihm, das Rauchen aufzugeben und es mit autogenem Training zu versuchen, doch Mitch meinte, er habe alles schon probiert, gegen seine Schmerzen würden weder Nikotinentzug noch Psychotricks helfen.

Elektronische Trommelwirbel, das Licht im Studio wurde gedämpft. Die Moderatorin zauberte Blitze herbei, bunte Funken und Rauch. Sie hatte ihr Engel-Dress gegen ein türkises Minikleid und erdbeerrote Gummistiefel eingetauscht.

Dreihunderteinundvierzig Bands hatten sich um die sechs Plätze beim Live-Finale beworben. Amateurmusiker aus Deutschland und sieben weiteren Ländern, darunter Gibraltar, waren scharf auf die halbe Million.

»Ich weiß, wo Gibraltar liegt«, sagte Topsi mit großen Augen. »Bei Bielefeld hinterm Baumarkt!«

Riesengelächter des nichtvorhandenen Publikums.

»Jetzt bloß keine abfälligen Bemerkungen!«, rief ich.

Helen musste vor Aufregung auf die Toilette. Mitchs Füße arbeiteten ununterbrochen.

»Dreihunderteinundvierzig«, sagte er. »Verdammte Scheiße.«

Fünf renommierte Experten aus dem Musikbusiness hatten die eingeschickten, selbstproduzierten Clips gesichtet, bewertet und eine Auswahl getroffen. Einer der Experten stellte sich neben Topsi Erdenbürger und redete über seine Erlebnisse als Vorsitzender der Jury. Bis auf eine rote Fliege war er ganz in Schwarz. Er hatte deutlich mit Gewichtsproblemen zu kämpfen. Um davon abzulenken, trug er eine Gockel-Brille. Es war der Sänger und Liedermacher Arthur Rudolph Sulzer. Den und seine Texte für den Deutsch-Leistungskurs hatte ich noch nie ausstehen können. Mit Punk konnte der garantiert nichts anfangen.

»Aus«, sagte ich leise. »Das Spiel ist aus.«

Die Video-Clips der sechs Finalteilnehmer wurden nach der alphabetischen Reihenfolge der Bandnamen gezeigt. Es ging los mit sechs Althippies aus Esslingen bei Stuttgart. Ihre Eigenkomposition *Marry me on Sunday* hörte sich haargenau an wie *Sweet Home Alabama*.

Eine Harfenistin, ein Geiger und ein Saxophonist sangen und spielten danach eine jazzige Version von *Über den Wolken muss die Freiheit wohl grenzenlos sein*.

»Hat irgendwie was«, sagte Helen traurig.

»Die gewinnen«, sagte Mitch. »Ich geh eine qualmen.«

»Außerdem sind das Betrüger«, sagte ich. »Die sind doch höchstens fünfunddreißig. Höchstens!«

»Schwitz, schwitz, keuch, keuch, und unermesslich steigt die Spannung! Wer ist noch dabei am einunddreißigsten Januar ab zwanzig Uhr fünfzehn hier auf dem besten Fernsehsender von der ganzen Welt, wenn es um sensationelle fünfhunderttausend Euro geht?«

Wir waren dabei. Wir, die Lazenbys. Arthur Rudolph Sulzer kündigte uns so an: »Eine originale Bearbeitung des Punk-Klassikers *Death or Glory* von The Clash. Herausragend die Akkordeonspielerin. Sie könnte sofort und mit Kusshand in meiner Band anfangen.«

Mein Herz schlug auch an Stellen, wo es noch nie geschlagen hatte.

Die Bild- und Tonqualität unseres Beitrags war besser als die der zuvor gesendeten Konkurrenten. Benz hatte drei Mitglieder der schulischen Film-AG einbestellt, die uns, mitunter vorlaut und überkandidelt, ausleuchteten und ohne zu verwackeln in Szene setzten.

Verwackelt war dagegen unser Vortrag. Eine Saite riss an meiner Gitarre, und Mitch, ganz in schwarzem Leder und die Haare stachlig gegelt, hatte an einigen Stellen Schwierigkeiten mit Text und Hüftschwung. Er hatte einen zweiten Take gefordert, doch Sylvia meinte, diese kleinen Pannen machten gerade unseren Punk-Charme aus.

Obwohl ihn Sylvias Meinung nicht zu interessieren brauchte, schließlich war sie kein Mitglied der Band, hatte er ohne ein Wort nachgegeben; von einem kurzen Kopfschütteln abgesehen, fügte er sich. Statt auf den Putz zu hauen, schluckte Mitch mit leerem Blick seine Pillen.

Ich holte Luft, um Mitch beizustehen, Sylvia zu widersprechen. Aber die saitenzerreißende Leidenschaft, die ich in den ersten Take reingelegt hatte, war verbraucht, verbrannt, reichte nicht für eine Wiederholung. Das spürte ich, ein Ü50-Amateur, der froh war, es hinter sich zu haben.

Death or Glory, Tod oder Ruhm. Ich war ein gefeuerter Trainer aus der vierten Liga, um den sich niemand riss. Wie es aussah, war für mich der Rum reserviert, nicht der Ruhm. Der Tod sowieso.

Charme hin oder her. Nicht charmant war jedenfalls die Kameraführung. Die Schulfreaks hatten wohl an die Verbesserung ihrer Mathe-Note gedacht, denn von Studiendirektor Benz (mit Haarausfall verschweigender Baseballkappe) und seinem schlaffen Bassspiel war unangemessen viel zu sehen. Yllka und Mitch kamen, wogegen nichts einzuwenden war, auch gut weg. Frisör und ich aber: so gut wie nicht vorhanden. Wir beiden hatten die Aufnahme trotzdem abgenickt, weil wir glaubten, die Sache würde sowieso in der Mülltonne landen.

So schlimm konnten Mitchs Kopfschmerzen nicht sein. Helen

hatte ihn von der Terrasse gezerrt, und jetzt tanzte er wild und eng mit ihr durchs Wohnzimmer. Für meinen Geschmack etwas zu eng. Boris war wieder auf meiner Seite. Er fühlte sich im Schlaf gestört und teilte dies den Tänzern unüberhörbar mit.

»Wir haben noch nichts gewonnen«, sagte ich. »Das Live-Finale wird schwer genug.«

»Du mit deinen Trainersprüchen«, antwortete die erhitzte Helen. Sie träumte laut von einem Karman Ghia zum Geburtstag. Baujahr so um 1960, in Rot.

Mitch ließ den grünen Tee stehen und trank Champagner. Er warf die Namen Neuseeland und Tahiti in die Debatte.

»Ungefähr die einzige Ecke auf der Welt, wo ich noch nicht war.«

Der Angeber Mitch war mir inzwischen lieber als der Mitch, der sagte: »Alles geht vor die Hunde und den Bach runter.«

»Und diese Frau?«, fragte Helen. »Die mit dem Akkordeon. Sie ist jung. Und unverschämt hübsch.«

»Geht so«, beeilte ich mich zu sagen.

»Yllka hab ich an Land gezogen«, sagte Mitch. »Die Freundin einer Freundin. Nettes, sehr begabtes Mädel. Leider in festen Händen.«

Der Werbeblock war immer noch nicht zu Ende. Wir wollten endlich die drei letzten Finalisten sehen.

»Diese Typen mit der Harfe und der Arschgeige«, sagte Mitch, »auf die müssen wir aufpassen. Die könnten uns gefährlich werden mit ihrem Scheiß.«

Frisör rief vom Trockendock an, wie er seinen aktuellen Aufenthaltsort im Krankenhaus nannte. Er lallte nicht, krächzte aber um so mehr (für meine angeblich tauben Ohren aber durchaus zu verstehen). Trotz hunderttausend Euro in Reichweite war er ungewohnt abgeklärt.

Eigentlich brauche er so viel Geld gar nicht, sagte er. Mehr als einen Kasten Bier am Tag könne selbst er nicht saufen. Er werde seine Stromschulden begleichen, damit er endlich mal wieder heiß duschen könne statt immer nur eiskalt. Aber dann? Autos und Fernreisen interessierten ihn nicht, teure Weiber schon, aber sein Stengel verweigere seit einiger Zeit die Zusammenarbeit.

Nachdem er sich verabschiedet hatte, wollte ich auch von Benz hören, was er im Falle unseres Sieges vorhatte (eine türkische Dampfsauna, ein Schwimmbecken aus Carrara-Marmor?). Ich wählte seine Nummer, aber er meldete sich nicht.

Mitch trieb wieder in die Südsee ab. Auf halber Strecke zwischen Samoa und Kiribati kenterte sein Segelboot plötzlich. Er schaffte es gerade noch auf die Toilette. Dort hörten wir ihn stöhnen und würgen. Boris richtete sich auf, spitzte die Ohren und seufzte tief.

Weil sein Hemd durchgeschwitzt war, gab ich Mitch eins von mir. Nicht gerade mein bestes, aber der Modeschöpfer beklagte sich nicht. Die Schmerzen waren anscheinend noch nicht verschwunden, denn er drückte wieder seine Fingerspitzen gegen die Schläfen. Helen bot ihm an, seinen Kopf zu massieren.

»Meinetwegen musst du dich nicht auf die oberen Regionen beschränken«, sagte Mitch.

Sein Gang war unsicher. Er setzte sich aufs Sofa, Helen stellte sich hinter ihn und begann mit der Massage. Mitch schloss die Augen und stöhnte lustvoll.

»Was ist bloß mit dir?«, fragte Helen.

»Das ist keine Weihnachtsgeschichte«, antwortete Mitch.

»Erzähl sie trotzdem.«

»Bevor er damals mit seinem Roller auf die Autobahn Richtung Brückenpfeiler gefahren ist«, sagte Mitch mit geschlossenen Augen, »hat Otto mich besucht. Es war ein früher Sommerabend wie gemalt. Ich lief hinter dem Rasenmäher her. Nicht gerade die coolste Beschäftigung für den Sänger einer Punkband, aber mein Vater hatte gedroht, mir das Taschengeld zu kürzen. Da kürzte ich lieber das Gras. Ich verpasste sowieso nichts. Nachmittags hatte ich mich mit meiner damaligen Freundin verkracht, und jeder, den ich anrief, wollte dieses blöde Fußballspiel sehen. In der Nachbarschaft wurde gegrillt, dazu brüllte aus allen Fernsehern ein Sportreporter.«

Mitch gurrte vor Massage-Genuss.

»Weiter!«, sagte Helen.

»Unglaublich, mit was für einer Leichtigkeit sich dieser Riese Otto über die Gartenmauer schwang. Ich schaltete den Rasenmäher aus. Otto kam ohne Eile näher. Er hatte getrunken. Er starrte mich an, kein Wort. Völlig ausdrucksloses Gesicht. Ich wollte was sagen, aber da trat er mir schon in den Bauch. Ich kippte um, und dann trat er mir gegen den Kopf. Immer wieder. Unser Dienstmädchen hat das mitbekommen und Otto angefleht aufzuhören. Sie hat mir das später erzählt, ich hab davon nichts mitgekriegt.«

Ich erinnerte mich an Ottos dunkelbraune, klobige Motorradstiefel. Größe 50 oder mehr. Mitch stöhnte unter Helens geschickten Fingern wie der Synchronsprecher eines Pornofilms.

»Ich glaube, es war wegen der Carpet Crawlers«, sagte er. »Die wollten mich als neuen Sänger, und ich war nicht abgeneigt, verhandelte heimlich mit denen. Otto muss das spitzgekriegt haben, und dann hat er mich für meinen, na ja, Verrat bestraft. Er hatte es ja ganz furchtbar mit der Treue. WIR SIND EINE BAND. WIR HALTEN IMMER ZUSAMMEN! Mit Blut unterschrieben.

Jedenfalls hab ich seit der Zeit diese Kopfschmerzen. Mal mehr, mal weniger, und manchmal wochenlang gar nicht. Aber der Schraubstock, die Stichsäge ist immer in meinem Kopf. Und immer öfter wird aus der Stich- eine Kreissäge.«

Helen weinte leise und massierte Mitch nur noch mechanisch. Auf dem Bildschirm Windelwerbung. Eine blonde Frau hielt ein nagelneues, schlafendes Baby in die Kamera. Auch Boris war wieder mit Ausruhen beschäftigt.

Das Telefon läutete. Benz war dran. Er klang aufgeregt, fast hysterisch. Vor Freude wegen unserer Teilnahme am Finale, dachte ich zuerst. Von wegen. Er wusste noch gar nichts von unserem Glück. Er und Sylvia waren gar nicht dazu gekommen, die Sendung zu sehen.

Sylvia habe einen Weinkrampf, so Benz, Flo ebenfalls. Die Verbrecher hatten die Fernbedienung von Flos Lieblingsauto kaputtgemacht. Aber nicht nur das. Sie hatten das Haus von unten bis oben durchsucht und auf den Kopf gestellt. Den Weihnachtsbaum umgeschmissen, den Schmuck und die Lichterkette zertreten. Gedroht, Syl zu vergewaltigen. Benz hatten sie die Weihnachtstorte ins Gesicht gedrückt und ihn mit seiner Krawatte fast erwürgt. Die Fotografie seiner Mutter von der Wand gerissen und zertrampelt. Die Schweine hatten die Saunalandschaft mit Straßenschuhen betreten und im Tepidarium gepisst. Und dann hatten sie Syl, Flo und Benz gefesselt und ihnen den Mund zugeklebt.

»Und das haben wir alles dir zu verdanken!«, schrie Benz.

»Bist du verrückt? Was hab ich denn damit zu tun?«

»Wer hat denn diese Nutte angeschleppt? Der Weihnachtsmann?«

Heiser fragte ich: »Welche Nutte?«

»Du scheinheiliges Arschloch!«

Ich hörte Flo toben und Sylvia weinen. Scherben wurden wohl auch zusammengefegt.

»Wer hat euch denn befreit?«, fragte ich, um irgendwas zu sagen.

»Flo. Ausgerechnet Flo! Er hat es tatsächlich geschafft, seine Fessel durchzuscheuern. Wir sind so stolz auf ihn!«

Benz fing an zu weinen. Laut, rücksichtslos.

»Und warum gibst du mir die Schuld?«

»Yllka ist aus dem Puff abgehauen«, sagte Benz und schniefte in einem fort, »und diese Drecksäue suchen sie jetzt. Die glauben, dass sie sich bei einem von der Band versteckt hat. Bevor die Syl vergewaltigten und Flo totschlugen, hab ich denen deine Adresse gegeben. Schließlich hast du uns den ganzen Scheiß eingebrockt.«

Ich wusste nicht, was ich sagen sollte. Endlich sagte ich: »Hast du die Polizei angerufen?«

»Bist du irre!«, schrie Benz. »Meinst du, ich will die ganze Puff-Mafia am Hals haben?«

Auch Mitch stellte sich quer. Keine Bullen, auf gar keinen Fall.

»Bringt nichts, macht alles nur komplizierter. Lass die Typen in Ruhe Weihnachten feiern. Wir regeln das selbst.«

Benz' Katastrophenmeldung hatte ihn wiederbelebt. Mitch blühte auf, in Rekordzeit verschwand die Leichenblässe, er hatte wieder Energie und anscheinend den Dreh wie früher raus.

Statt sich über dieses Weihnachtswunder zu freuen, fragte Helen: »Wusstet ihr, dass diese Frau eine – Sexarbeiterin ist?«

»Sind das nicht alle Frauen?«, antwortete Mitch.

Mit einem Pfiff und einem harten Klaps holte er Boris aus dem Reich der Träume. Das Viehzeug schüttelte sich. Ekelhaft, Haare und Geifer flogen durch die Luft und aufs Sofa.

»Und wenn wir das Licht löschen und einfach nicht aufmachen?«, sagte Helen.

»Macht euch keine Sorgen«, sagte Mitch. »Ich mach mir auch keine. Das Codewort wird uns retten.«

Mitch flüsterte in Boris rechtes Ohr. Ein Zittern lief durch den Körper des Tiers. Dabei knurrte es kurz. Dann leckte Boris Mitchs Gesicht.

Nach langem Hin und Her schloss sich Helen mit ihrem Handy und einem Fleischmesser im Schlafzimmer ein. Sie schob einen kleinen Schrank gegen die Tür und vergaß dabei nicht, mir den Mangel an Pfefferspray im Haushalt vorzuwerfen.

Da meldeten sich die Typen auch schon. Kein brutales Dauerläuten wie im Krimi, sondern zivilisiert. Mit einer strengen Handbewegung und einem langen Zischlaut befahl Mitch dem Köter, die Schnauze zu halten und sich zu konzentrieren. Boris legte die Stirn in Runzeln und verengte die Augen.

Es läutete wieder. Mein Herz schlug zu wie Muhammad Ali in seinen besten Zeiten. Ich schaltete den Fernseher und alle Lichter aus. Musste dringend aufs Klo, aber dafür war es jetzt zu spät.

Der jüngere der beiden Besucher trug einen Pferdeschwanz und tiefe Sonnenstudio-Bräune. Er hatte eine Metallstange dabei, mit der er penetrant herumfuchtelte. Der andere Kerl war einen Kopf kleiner. Er hätte der Zwillingsbruder meines Steuerberaters sein können.

»Fröhliche Weihnachten«, sagte er. » Rotes Kreuz. Suchdienst. Ist Ihnen eine junge Frau zugelaufen?«

»Nicht dass ich wüsste«, sagte ich. »Bin raus aus dem Alter für junge Frauen. Schönen Abend noch.«

»Moment! Was dagegen, wenn wir uns mal umsehen?«

Der Sonnenstudio-Mann holte zum Schlag mit der Metallstange aus, ich wich zurück, und schon waren die ungeladenen Gäste in der Wohnung. Die Haustür wurde mit einem Tritt geschlossen. Ich taumelte ins dunkle Wohnzimmer. Die Beiden schrien, ich solle das Licht anschalten. Da hörte ich, wie Mitch der Dogge das Codewort nannte. Genau genommen waren es zwei Wörter. Sie lauteten: *San Tropez.*

Die Startnummern 4 und 5 hatten wir verpasst. Die langen Werbeblöcke waren nicht lang genug gewesen.

Als alphabetisch letzte Band kam ein Quintett aus der Schweiz ins Finale. Die Typen trugen Feuerwehruniformen. Man nannte sich Smoke on the Water und spielte (leider nicht übel) – *Smoke on the Water.* Topsi Erdenbürger fand das *super originell* und hüpfte von einem Bein aufs andere.

Mitch beschäftigte sich nervös mit der zurückgelassenen Metallstange.

Ich wies Helen darauf hin, dass sie immer noch das Fleischmesser abwehrbereit in der Hand hielt.

»Wie können wir Boris eine Freude machen?«, fragte sie Mitch.

»Mit Katzenfutter. Kein Witz. Der Typ ist total verrückt danach.«

»Dann geh ich mal eben rüber zu den Nachbarn«, sagte Helen. »Die haben zwei Katzen.«

»Aber doch nicht am Heiligen Abend«, sagte ich.

»Mein Gott, seid ihr alten Punks spießig!«

Besorgt zeigte ich auf den nach viel Wirbel in Schlaf gefallenen Boris. Er hatte sein prächtiges Gebiss nicht nur gezeigt.

»Ein bisschen leiser, bitte!«

»Wenn er schläft, dann schläft er«, sagte Mitch. Er verzog das Gesicht, griff sich an die Stirn. Er schwankte, torkelte. Bevor Mitch umfiel und hart auf dem Boden aufschlug, sagte er etwas, das ich nicht verstand.

OTTO

Der vierzehnte Juni 1980, ein Samstag, war der glücklichste Tag meines Lebens, bis Otto mit ein paar toten Blümchen in der Hand bei mir aufkreuzte.

Vormittags verloren wir zwar das A-Jugendspiel gegen Bayer 04 Leverkusen mit 3:5, ich schoss aber zwei Tore und holte einen Elfer raus. Nach dem Spiel lud mich ein Betreuer der Leverkusener zum Probetraining ein. Bayer war neben dem 1. FC Köln der führende Klub am Mittelrhein. Wenn ich es nicht verpatzte, konnte ich in ein oder zwei Jahren in der Bundesliga kicken, Geld wie Heu verdienen.

Beim Duschen gratulierten mir die meisten meiner Mannschaftskameraden, als sei das alles schon Wirklichkeit. Ich spielte die Sache runter, gab mich pessimistisch, doch zu Hause riss ich die Arme hoch, hüpfte rum und brüllte wie ein Raubtier.

Gegen zwei traf ich mich konspirativ mit Helen. Wir fuhren mit dem Bus aufs Land. Helen saß drei Reihen vor mir. Aus Angst, erkannt und verraten zu werden, hatte sie mir beim Einsteigen nur kurz zugenickt. Otto würde ausflippen, wenn er mitkriegte, dass zwischen Helen und mir was lief. Das war klar.

Wir fuhren bis zur Endstation, einem Dorf in der Voreifel.

Zuletzt waren außer Helen und mir nur noch zwei alte Frauen im Bus. Wir konnten uns endlich umarmen und küssen.

Glocken läuteten, und was für eine Sonne. Nach einem Spaziergang an Blausteinhäusern, Äckern und Obstbäumen vorbei kamen wir zu einer Wiese am Waldrand. Unsere Wiese. Gras und Blumen standen hoch, anscheinend wurde hier nicht gemäht. Kühe gab es auch keine, nur Schmetterlinge und Hummeln. Die Pflanzen und der nahe Wald dufteten um die Wette. Hier fühlte sich Helen sicher, und ich durfte anfangen, sie auszuziehen.

Mitchs Geschichte über den Reliquiensammler Otto hatte ich nicht vergessen. Möglich, dass er nicht weit von uns nach einer Hinterlassenschaft des Führers baggerte. Aber das verschwieg ich Helen. As sie anfing, *mich* auszuziehen, war mir alles egal.

Zwischen Ameisen, Grashüpfern und anderem Biologiekram sagte sie, dass sie vor mir noch nie einen Höhepunkt erlebt habe. Das war der glücklichste Augenblick an meinem schönsten Tag. Am Himmel kein Wölkchen und ein Segelflieger. Helen wollte jetzt *schwer rumzukriegen* spielen.

Otto hatte gesoffen, das machte ihn noch gefährlicher. Als er mir die halb vertrockneten Blumen in die Hand drückte, dachte ich, dass alles aufgeflogen und vorbei sei. Sein Geschenk *musste* eine Anspielung auf die Liebeswiese sein.

Ich ließ ihn nicht in mein Zimmer, weil es dort bestimmt Spuren gab, die Helen verrieten. Ihr Duft, vielleicht ein Kleidungsstück. Auch wenn er uns auf die Schliche gekommen war, wollte ich ihn nicht noch mehr reizen. Otto stapfte hinter mir in die Küche. Ich ging geduckt, erwartete einen Hieb oder Tritt oder beides. Ich dachte an Verletzungen, die meine Karriere als Bundesligaspieler in Leverkusen gefährden, wenn nicht beenden könnten.

Damit Otto mir nicht vorwerfen konnte, ich habe sein Geschenk missachtet, füllte ich eine Vase mit Wasser.

»Idiot, war ein Scherz«, sagte er, während er sich zwischen Küchentisch und Eckbank quetschte. »Oder meinst du, ich wollte dir nen Heiratsantrag machen? Schmeiß das Unkraut auf den Müll.«

Die Küchenuhr tickte, aber die Zeit verging nicht. Mein Mund wurde trocken. Mir fiel nichts Besseres ein als: »Schön, dass du mich mal besuchst.«

»Papperlapapp.«

Otto trommelte mit den Fingern auf den Tisch und auf seinen Sturzhelm. Psychospielchen. Ich unternahm einen weiteren Plauderversuch. Nachdem auch der gescheitert war, sah ich mich nach einer neuen Beschäftigung um. Das Radio. Ich schaltete es ein, aber weil Otto keine Hitparadenmusik und schon gar keinen Sport duldete, schaltete ich es schnell wieder aus.

In Neapel kickte gleich die Nationalmannschaft gegen die Niederländer. Vorrunde der Europameisterschaft. Das Spiel der Spiele. Seit Wochen hatte ich mich darauf gefreut. Das Match wurde live im Fernsehen übertragen. Wenn es angepfiffen wurde, hatte Otto mich bestimmt längst abgemurkst.

»Verdammt trockene Baustelle hier«, sagte er irgendwann, immer noch mit dem Totenkopf-Sturzhelm auf dem Kopf. Er lallte.

Ich holte zwei Dosen Bier aus dem Kühlschrank.

»Prost«, sagte ich.

»Wollen wir jetzt saufen oder endlos quatschen?« antwortete Otto und riss seine Dose auf.

Auch fünf quälende Minuten später hatte er den Sturzhelm noch nicht abgenommen. Ich hatte nicht nur Angst vor Schlägen und Tritten, sondern auch vor Kopfstößen.

»Was hältst du eigentlich von Mitch?«, fragte Otto plötzlich.

»Guter Freund von dir?«

»Na ja. Schulfreund würd ich eher sagen.«

»Redet ihr über Persönliches? Zum Beispiel über Frauen?«
Otto starrte mich an.

»Wie meinst du das?«, antwortete ich.

»Ja oder nein? Hat Mitch schon mal was über Helen gesagt?«
Ich überlegte. Kratzte mich im Nacken und am Kopf.

»Weiß nicht«, sagte ich, gegen den Kühlschrank gelehnt. »Dass
sie hübsch ist, vielleicht. Aber das sagt doch jeder.«

»Aha«, sagte Otto und wischte sich Bierschaum vom Mund.
»Soll ich dir was sagen? Helen hat einen anderen. Und ich weiß
auch, wer der Andere ist.«

Mein Herz hörte auf zu schlagen. Gleichzeitig passierte das
Gegenteil davon: Puls auf zweihundertfünfzig.

»Tut mir leid«, sagte ich leise. »Man rutscht da irgendwie rein.
Ohne böse Absicht, verstehst du?«

»Reinrutschen ist gut«, sagte Otto und lachte böse. »Willst du
das Schwein etwa verteidigen?«

Er erhob sich, baute sich auf.

»Helen lässt mich nicht mehr ran.«

Wieder dieses Lachen.

»Immer neue Entschuldigungen. Wochenlang hat sie angeblich ihre Tage. Dann Blinddarmreizung. Und so weiter. Um jeden scheiß verdammten Kuss muss ich kämpfen. Sie behandelt
mich, als hätte ich die Pest an Bord.«

Otto wischte sich Tränen aus dem Gesicht, während er schwan-
kend auf mich zusteuerte. Ich versuchte, ihm auszuweichen, kam
aber nicht von der Stelle. Otto griff nach meinem rechten Unterarm, drückte ihn unerwartet sanft.

»Kalle«, sagte er, »du bist der einzige in der Band, den ich
wirklich gern hab. Und außerdem hast du was auf dem Kasten.«

Otto war gerade mal ein knappes Jahr älter als ich, aber er sprach jetzt mit mir in einem väterlichen Ton. Ich musste an den Oberpiraten Long John Silver aus der *Schatzinsel* denken. Wenn der durchtrieben wohlwollend mit Jim Hawkins redete, war er auch immer voll des Lobes.

»Wie interpretierst du folgenden Satz?«, fragte Otto. »*Mitch Jagger riss alle mit und hin.* Ist das nicht romantisch? Wenn das kein öffentliches Liebesgeständnis ist!«

»Kann sein«, sagte ich. »Ich finds ja auch übertrieben. Aber Helen hat doch gesagt, dass die Überschrift nicht von ihr ist.«

»Klar, hat sie gesagt. Macht die Sache aber erst recht verdächtig, oder?«

Ich schaute aus dem Fenster.

»Oder?«, wiederholte Otto.

Jetzt nickte ich zögernd.

»Wer hat denn die Show gerettet?«, schrie Otto. »Mitch Jagger? Von wegen! *Ich* hab alle mit- und hingerissen!«

Und dann sang er mit der Stimme eines gewohnheitsmäßigen Whiskyverkosters: »UmdadaUmdadaUmdadaUmdada.«

Meine Mutter kam früher als erwartet von ihrem Stadtbummel zurück. Sie hatte sich mal wieder mit einer Heirats-Annonce getroffen. Ihr Gesicht verhieß nichts Gutes. Otto wusste natürlich nichts von dem ewigen Pech, das meine Mutter hatte, aber trotz Alkohol merkte er, dass was nicht stimmte.

»Ich geh dann«, sagte er. »Danke für deine Geduld.«

»Soll ich mal mit Mitch reden?«, fragte ich. »Es gibt bestimmt eine Lösung.«

»Bist ein prima Kerl«, sagte Otto und umarmte mich, ohne mir wehzutun. Er war der erste Mann, der mich auf die Wange küsste. »Aber das mit Mitch, das klär ich lieber selbst.«

Die Sonne schien immer noch an meinem schönsten Tag. Es war kurz nach halb acht. Meine Mutter hatte sich schon ins Bett gelegt und weinte. Bald fing das Spiel an. Es interessierte mich nicht mehr. Ich hatte Sehnsucht nach Helen.

Da läutete es. Die Angst kam zurück. Otto stand schon wieder vor der Wohnungstür.

»Helen und ich wollten immer zusammenbleiben«, sagte er leise. »Sie hat es unterschrieben. Mit ihrem Blut!«

Ich klammerte mich mit beiden Händen an den Türrahmen. Das Rauschen in meinen Ohren.

MITCH

zog zur Begrüßung seinen schwarzen Hut, und da konnten wir sehen, dass sein Kopf kahl geschoren war. Auf die Kopfhaut waren mit roter Farbe Pfeile eingezeichnet.

Frisör war mit Aufzug und Rollator von der Psychiatrie zur Neurochirurgie herübergekommen. Er trug einen himmelblauen Morgenmantel mit gelben Längsstreifen. Mitch hatte schon ein weißes OP-Hemd an. In zwanzig Minuten war er dran.

Zwei Betten waren leer. Ein Patient sei nach der Morgenvisite entlassen worden, der andere in der Nacht mit großem Tamtam gestorben, sagte Mitch. Dann fragte er, wie es Boris gehe.

Frühmorgens waren wir durch den Wald gelaufen. Ich musste in Form bleiben, falls sich Manchester United oder Inter Mailand meldeten.

Mit dem Hund unterwegs zu sein, war schöner, als immer nur allein Kilometer zu machen. Störend allerdings, dass trotz Nebel und Regen Hundehasser unterwegs waren. Weil ich keine Leine besaß, mussten Boris und ich ständig Aufregung und Geschrei ertragen, obwohl die Dogge wenig Anlass dazu gab. Sie blieb meistens brav bei Fuß. Aber mit diesen Leuten kann man nicht diskutieren. Sie werden gleich ausfallend und beleidigend. Ich kannte das, schließlich war ich ja auch einer von ihnen. Dennoch hätte ich manchmal gern das Codewort eingesetzt.

Frisör sah ungefähr zwanzig Jahre jünger aus als vor ein paar Tagen. Die Entgiftung, das warme Bett und die regelmäßige Kost hatten ihm gutgetan. Möglicherweise ein bisschen zu gut. Er wollte beim Golden-Oldie-Finale Mitchs Part als Sänger übernehmen, das Schlagzeug würde er einer Drum-Machine überlassen.

»Du kriegst deinen Anteil natürlich trotzdem«, sagte er zu Mitch. Und er hatte noch eine gute Nachricht. Sein Zimmergenosse Manni hatte früher im Heimatorchester Akkordeon gespielt. Wenn Yllka weiterhin verschwunden blieb, würde Manni, etwas Umschulung vorausgesetzt, gern bei den Lazenbys einsteigen, sich dafür sogar von seinem Bart und allen Genesis-CDs trennen.

Mitch und ich fanden höfliche Worte. Der Weihnachtsfrieden hielt auch am 29. Dezember noch.

Das Ersatzteil für seinen DS sei endlich eingetroffen, sagte Mitch und fing an zu lachen.

»Aber jetzt hab ich kein Geld, es zu bezahlen.«

»Ich kümmere mich darum«, sagte ich. »Versprochen.«

Laute Stimmen, hektische Schritte draußen auf dem Stationsflur.

»Was war die erste Platte, die du dir gekauft hast?«, fragte ich Mitch.

»Heintje«, antwortete er sofort. Und dann sang er: »Oma so lieb, Oma so nett, ach, wenn ich dich, meine Oma, nicht hätt.«

Wir lachten, was das Zeug hielt.

»Damit hier kein falscher Eindruck entsteht«, sagte Frisör. »An Silvester fang ich wieder an zu saufen.«

»Sei mir nicht böse,« sagte Mitch. »Aber der Gebrauch der Präposition *an* vor dem Substantiv Silvester ist völlig überflüssig. *Silvester fang ich wieder an zu saufen* reicht vollkommen.«

»Hoffentlich kratzt du ab,« sagte Frisör.

»Werd mir Mühe geben«, antwortete Mitch. Dann wandte er sich an mich.

»Boris soll möglichst wenig von der Silvesterballerei mitkriegen. Sonst ist er deprimiert bis Mitte Oktober. Passt du auf ihn auf?«

Eine junge hübsche Krankenschwester kam herein. Mutter Natur hatte es besonders gut mit ihr gemeint. Auf dem Namensschild in gefährlicher Nähe zur linken Brust stand ihr Vorname. Svenja hatte eine Betäubungsspritze dabei.

»Das Biest hat mir hat mir heute Morgen den besten Blowjob meines Lebens verpasst«, flüsterte Mitch uns zu. »Mein Schwanz steht immer noch in Flammen.«

Die Krankenschwester räusperte sich, Ende der Besuchszeit. Frisör stolperte über einen Infusionsständer, fluchte hemmungslos.

»Biggi ist die Einzige, die ich wirklich geliebt habe«, sagte Mitch vor sich hin.

Auf dem Stationsflur roch es nach verwelkenden Blumen, Suppe und Angst.

OTTO

war ohne Sturzhelm gegen den Betonpfeiler einer Autobahnbrü-
cke gefahren. Auch der Roller hatte einen Totalschaden.

Die Deutschen hatten bei der Europameisterschaft in Italien
3:2 gegen die Niederländer gewonnen. Die Unfallmeldung stand
auf Seite eins, ungefähr fünfzehn Zentimeter neben der Schlag-
zeile vom großen Sieg. Der anonyme Berichterstatter erlaubte
sich die Frage, ob es sich überhaupt um einen Unfall handelte.

Es war heiß. Wiesenwetter. Helen war da, aber Lichtjahre von
mir entfernt. Sie hatte eine rote Rose in der Hand und beachtete
mich nicht. Schwarz verwischte Augen, ihr Lippenstift war über
die Lippen hinaus aufgetragen. Es sah aus, als bluteten sie. Sie
war ganz in Weiß, wie eine Braut.

Frisör war angezogen wie für eine Bewerbung bei der Kreis-
sparkasse. Auch Benz trug einen Anzug mit Weste und Krawatte. Er hatte eine Plastiktüte in der Hand. Mit meinen zerrissenen
Jeans und den ausgelatschten Turnschuhen kam ich mir einsam
vor. Wenigstens war die Lederjacke schwarz.

Ich versuchte, Helens Hand zu berühren. Sie entzog sie mir
mit einer feindseligen Bewegung.

Wir waren umzingelt von Leuten in komischen Trachten. *Su-*

detendeutsche Heimatfront stand in altmodischer Schrift auf einer schwarz-rot-schwarzen Fahne, die ein junger Kerl mit dicken Koteletten vor sich hertrug.

Ottos Mutter verbarg ihr Gesicht hinter einem Schleier. Der Vater war ein Koloss wie sein verstorbener Sohn. Er war Metzger, arbeitete im Schlachthof. Otto, der nüchtern wenig von sich preisgab, hatte nach einer bierintensiven Probe erzählt, sein Vater sei mal an einem Sommertag nach der Frühschicht mit einer Schweinehälfte über der Schulter nach Haus gekommen.

»Ich war neun oder zehn. Mein Vater ging keuchend hinters Haus, wo meine Schaukel stand. Er legte das halbe Tier auf die Gartenbank. Blut tropfte. Da, wo früher der Kopf gewesen war, steckte jetzt ein großer silberner Metallhaken. Mein Vater stieg auf eine Trittleiter, löste die beiden Ketten, an denen der Sitz von meiner Schaukel hing. Statt dessen hängte er das halbierte Schwein an die Schaukellatte. Es pendelte hin und her. Fleisch muss abhängen, sonst schmeckt es nicht.

Mein Vater drückte mir eine Patsche in die Hand. Mit der sollte ich die Fliegen vertreiben. ›Ein ganz wichtiger Job, enttäusch mich nicht!‹, sagte er und schärfte mir ein, aufzupassen wie ein Luchs, damit sich keine ekligen Fliegenlarven in die leckeren Schnitzel und Koteletts einnisteten.

Ich kletterte auf die Leiter, legte los. Anfangs gab es wenig zu tun, aber bald schienen die Fliegen von ganz Nordrhein-Westfalen den Braten gerochen zu haben. Wenn ich mal eine kurze Pause einlegte, war alles gleich schwarz statt blutig rot. Ich stand auf der obersten Sprosse und patschte und patschte. Irgendwann war ich es satt, ich wurde müde, schlapp, war schweißnass. Überall tote Fliegen, auch in meinen Haaren, meinem Mund. Ich schrie nach meiner Mutter, aber die war mit einer Freundin ausgegangen. Mein Alter hörte mich auch nicht. Der lag wie immer auf dem Sofa und pennte. Ich musste weiter patschen.

Seit dem Tag war für mich klar«, hatte Otto gesagt, »dass ich nicht Metzger werden wollte. Im Grunde«, fügte er nach kurzer Bedenkzeit hinzu, »war mein Interesse an allen Jobs erloschen.«

Die Messe dauerte viel zu lange, weil ein gemischter Chor viele düstere Lieder sang. *Oh Haupt voll Blut und Wunden. Oh, Mensch, bewein dein Sünd.*

Mitch war nicht da. Der sonst so zurückhaltende Benz nannte das eine Schweinerei. Ich hielt mich raus.

Auf dem Friedhof, gegen Ende der Zeremonie, kam es zu einem Vorfall, den Frisör heraufbeschwor und der Otto bestimmt gefallen hätte.

Der Sarg war bereits versenkt, das Vaterunser gesprochen. Der Priester dachte aber immer noch nicht an Feierabend. Er bat zusätzlich noch die Gottesmutter, ein gutes Wort für Otto einzulegen. *Maria breit den Mantel aus.* Dabei wurden rote Tulpensträußchen als Grab-Beigabe verteilt. Die waren wohl üblich bei den Sudetendeutschen.

Ottos Eltern hatten sich verkalkuliert. Sie hatten zu wenige Sträußchen bestellt. Die beiden Herren vom Bestattungsinstitut zuckten hilflos die Schulter. Einige Trauergäste murrten.

Der Priester betete gerade für die Person unter den Anwesenden, die der Tod als nächstes ereilen würde, als Frisör sein ergattertes Sträußchen in die Luft warf. Es entstand ein Gerangel wie bei einem Hochzeitsstrauß. Als der Gewinnerin klar wurde, was sie sich da eingefangen hatte, schrie sie auf und schleuderte das Tulpengebinde über die Friedhofshecke.

Am offenen Grab war Benz vor mir an der Reihe. Er nahm die Platte *Santa Maria* von Roland Kaiser aus seiner Plastiktüte und ließ sie nach einer Verbeugung auf den Sarg fallen.

MITCH

Um halb elf sollte es losgehen. Wir waren zu früh. Frisör war auch schon da.

Wie versprochen soff er wieder. Er war mit dem Elektromobil angereist und bestückt mit Flachmännern. Wodka und Magenbitter. Ich entschied mich für einen Wodka. Helen ließ uns stehen und ging mit Sylvia, Flo und Benz Richtung Trauerhalle. Flo hatte mit viel Spucke erzählt, dass er bald in einem roten Ferrari bei der Formel-1-Weltmeisterschaft starten werde.

Das arktische Tief, von dem morgens im Radio die Rede gewesen war, rückte deutlich näher. Mitchs Schwester trug Floridabräune. Sie hatte beide Hände voll zu tun, kriegte Boris nicht in den Griff. Der blöde Köter wollte zu mir. Der Schwager, von Kopf bis Mercedes in Silbergrau, schrie, als wäre er auf einem Dressurplatz. Ich war gespannt, ob die Verwandtschaft dem ausgetretenen Mitch geistlichen Beistand zukommen ließ.

In der achten Klasse kriegten wir Pfarrer Mertens in katholischer Religion. Zur ersten Stunde kam er mit einem Plattenspieler an. Wir sollten uns die deutsche Version des ollen Hippie-Musicals *Hair* anhören und dann darüber diskutieren. *Harmonie und Recht und Klarheit / Sympathie und Licht und Wahrheit.*

Während Mertens nach einer Steckdose suchte, rief ich in die Klasse, dass wir jetzt religionsmündig seien und uns abmelden könnten. Meine Mutter hatte das in Erfahrung gebracht.

Der Lehrer lächelte freundlich und sagte, das sei schon richtig. Er mache uns aber ein Angebot: Wer sich regelmäßig am Unterricht beteilige, werde mit einer Eins belohnt. Wer einfach nur durch Anwesenheit glänze, ohne zu stören, erhalte eine Zwei. Wer allerdings meine, auf diese tollen Noten, Stichwort Numerus clausus, verzichten zu können und sich so seine Zukunft verbaue, möge sofort und in Frieden gehen.

Mystik wird uns Einsicht schenken / Und der Mensch lernt wieder Denken / Dank dem Wassermann, dem Wassermann!

Ich war daran interessiert, mir meine Zukunft zu verbauen. Mertens nickte und wies mir den Weg nach draußen. Der Weg war lang. Kurz vor der Tür hörte ich Mitch »Arrivederci« sagen. Überrascht drehte ich mich um und sah, wie Benz dabei war, das Trio zu vervollständigen. Er zeigte auf und sagte: »Herr Studienrat, ich möchte dann bitte auch austreten.«

Ab nun mussten wir dienstags die Zeit bis zur nachfolgenden Bio-Stunde überbrücken und mittwochs die Lücke bis Erdkunde füllen. Mitch hatte die Idee mit seiner Tante Gisela. Die sei das schwarze Schaf der Familie, erklärte er. Zwei Scheidungen, und sie hause in einer Einzimmerwohnung. Reich sei sie nur an schlechten Erfahrungen. Damit zitierte er wahrscheinlich die weißen Schafe.

Die Tante arbeitete gleichzeitig als Filmvorführerin, Kassiererin und Reinigungskraft in einem Kino, das zwei Minuten von der Schule entfernt in einer Nebenstraße lag und morgens ab zehn durchgehend geöffnet war. Es hieß Eden Palast, war aber eine Bruchbude. Jede Woche gab es einen neuen Film für Erwachsene. Die Filme kamen fast ohne Dialoge aus. Die Darsteller verkörperten nicht die erste Riege der Schauspielkunst. Wir waren trotzdem beeindruckt. Rauchen war gestattet, und davon machten die Rentner und Gastarbeiter, die außer uns zum Publikum gehörten, ausgiebig Gebrauch.

Mitchs Tante hatte dünne blonde Haare. Als wir zum ersten Mal in ihrem Palast antanzten, wollte Gisela ihrem Neffen einen Kuss geben, aber der entzog sich grob. Überhaupt behandelte er seine Tante von oben herab. Benz und ich schämten uns dafür. Sie lachte einfach darüber hinweg. Mit der Altersbeschränkung und dem Bezahlen nahm sie es auch nicht so genau. Tante Gisela winkte uns durch. Ein paar Tage vor Weihnachten schenkten wir ihr eine Schachtel Pralinen. Als Benz ihr das Sonderangebot im Namen aller überreichte, fing sie an zu weinen.

Frisör war fertig mit seiner Zigarette. Er brauchte dringend einen neuen Mantel. Auf seiner Baseballkappe stand VERPISST EUCH! Einer der beiden Bestatter zupfte an einem Kranz herum, der andere hatte Schnupfen und schimpfte auf die SPD.

Aus London war bisher niemand angereist. Kein Supermodel, kein Modezar mit silbernem Gehstock. Entweder hatten sich die Paparazzi ein besonders raffiniertes Versteck ausgedacht oder den Termin verschlafen. Auch eine sechsundzwanzigjährige Sexbestie war bisher keinem Taxi oder nachtblauen Citroën DS entstiegen.

»Ob Mitch wirklich hinüber ist?« sagte Frisör. »Irgendwie werd ich das Gefühl nicht los, dass er nur blufft.« Er warf seinen leeren Flachmann ins Gebüsch, startete das Elektromobil. Wir machten uns auf den Weg. Dabei wurden wir von einem Priester und seinem Gehilfen überholt. Beide in Zivil, aber ich habe eine Nase für die Geistlichkeit. Wind wirbelte Laub auf. Am Himmel schwere Filmwolken. Der Kies knirschte.

Ich erzählte Frisör, dass ich einen Tag vorher in der Straße gewesen war. Abends gegen sieben. In Haus 28 brannte kein Licht. An der Tür klebte ein Zettel. *Vorübergehend geschlossen.*

Boris hatte gute Arbeit geleistet. Und wie es aussah, war nicht nur Yllka geflohen, auch die anderen Frauen hatten die Gelegenheit genutzt. Je länger ich mir das einredete, umso überzeugter war ich davon.

Vielleicht hatte Yllka es bis nach Tirana geschafft, um wieder am Konservatorium zu studieren. Wenn wir auch nicht den Golden-Oldie-Ü50-Contest gewinnen würden, war die Neugründung der Lazenbys doch nicht sinnlos gewesen. Immerhin hatten wir zwei Zuhälter zur Strecke gebracht.

Frisör stoppte sein Fahrzeug und rief: »Befreier statt Freier!«

»Von wegen«, sagte ich, »alles nur geträumt.«

Yllka stand im Schaufenster von Haus 3. Sie öffnete das Fenster, wir gaben uns verlegen die Hand. Ich fragte sie, ob sie ein bisschen Zeit zum Reden habe. Sie nickte und antwortete: »Dreißig.«

In ihrem neuen Zimmer gab es keine große runde Badewanne. Ich fragte Yllka, wie es ihr gehe.

»Neuer Papa sehr gut«, antwortete sie.

Ich wusste mal wieder nicht, was ich sagen sollte. Yllka roch anders als sonst. Sie hatte das Parfüm gewechselt. Das Zimmer war überheizt. Yllka fragte nach Mitch. Bevor ich antworten konnte, sagte sie: »Er leckt gut.«

Ich korrigierte ihren Satz nicht ins Imperfekt.

Die Micky-Maus-Figur, die Kirmesrose und die drei Ansichtskarten hatten den Umzug überstanden. Aber das Akkordeon war nicht da.

»Weg. Kaputt.«

Ich musste daran denken, wie Arthur Rudolph Sulzer Yllka im Fernsehen gelobt hatte.

»Kann ich dir irgendwie helfen?«, fragte ich.

Yllka schaute auf ihre Uhr.

»Zeit um«, antwortete sie.

Frisör folgte mir auf meinem Umweg zum Urnengrab meiner Mutter. Sie war nur sechsundvierzig Jahre alt geworden. Ein paar Monate zuvor hatte sie Max, den Mann ihres Lebens, kennengelernt. Hundertmal am Tag sagte sie das.

Die beiden flogen nach Malta, weil meine Mutter den Namen der Hauptstadt so schön fand. La Valetta. Das Flugzeug landete sicher, das Hotel hatte eine Menge Sterne, die Insel war ein Traum. Doch am dritten Tag des Aufenthalts wachte meine Mutter morgens nicht auf. Sie war im Schlaf gestorben, an einer Überdosis Glück.

Das Wetter war endlich so, wie es sich für einen Montag und elften Januar gehörte. Es fiel sogar ein bisschen Schnee. Die Sargträger rauchten verfroren.

Als wir die Verabschiedungshalle betraten, schaute Boris mich sehnsüchtig an. Er hechelte und bellte unterdrückt. Mitchs Schwester zerrte an der Leine.

Silvester hatte ich mit dem Köter verbracht. Nach zwei Dosen Katzenfutter und kurz bevor die Knallerei begann, drückte, stieß und quetschte ich den enormen Boris auf den Rücksitz meines Wagens. Helen war mit ihren Freundinnen unterwegs. Ich schob ihre von einer Frauenzeitschrift empfohlene Entspannungsmusik in den CD-Player und fuhr los auf die Autobahn, wo wir vor Raketen und Böllern sicher sein würden.

Die plätschernde, zirpende und schwebende Badewannenmusik spannte Boris an. Ich suchte im Radio nach einer Alternative. Weder Wiener Walzer noch Soft Jazz halfen. Erst bei einer Diskussionsrunde über den europäischen und transatlantischen Populismus wurde das Tier lockerer.

Wir fuhren ins Ruhrgebiet und wieder zurück. So lang reichte der Atem des Populismus nicht. Glücklicherweise ließ sich Boris auch auf ein verspätetes Weihnachtsoratorium und James Brown live at the Apollo 1968 ein.

Auf der Autobahn war um diese Zeit mehr los, als ich gedacht hatte. Vielleicht fuhren die alle ihre schreckhaften Hunde spazieren, ihre Katzen, Schildkröten, Kanarienvögel und Goldfische.

Als ich gegen zwei in mein Bett fiel, ermahnte ich den Köter, der sich neben mir auf dem Teppichboden ausstreckte, nicht zu schnarchen. Fünf Minuten später stand ich auf, weil ich den Lärm nicht aushalten konnte, aß eine kalte Bockwurst, trank einen Schluck Wasser und wünschte mir ein gutes neues Jahr.

Frisör und ich setzten uns in die letzte Reihe. Einschließlich Boris trauerten neun Gäste um Mitch. Nicht gerade herausragend für einen Modeschöpfer und Frontmann. Für einen Liebhaber von außerordentlichem Rang.

Der Priester nahm gelangweilt die Hände aus den Taschen seines blauen Daunenmantels. Der Gehilfe klimperte verhalten auf einer Mini-Orgel. Flo quengelte. Er wollte nach Hause zu seinen Rennautos.

Mitch war auch post mortem für eine Überraschung gut. Verspätet traf ein weiterer Gast ein, eine junge Frau, die das Gehen auf hohen Absätzen noch nicht zur Perfektion gebracht hatte. Die vorne saßen, drehten sich um, tuschelten.

»Bin ich jetzt im Delirium?«, sagte Frisör.

Die Frau setzte sich zu uns in die letzte Reihe. Der Priester verkündete, Gott wisse sehr genau, was er tue, er habe einen unfehlbaren Plan. Der Tod sei Erlösung.

Dann das Lied vom Himmelstor. Die Halle war ungeheizt. Es roch gruftig nach verstorbenen Blumen. Topsi Erdenbürger schniefte und wischte sich mit beiden Händen Flüssigkeit aus dem Gesicht. Frisör reichte ihr ein Taschentuch. Sie nahm es und sagte: »Danke, sehr freundlich.«

Trotz ihres jämmerlichen Zustands sah sie viel besser aus als im Fernsehen. Und anscheinend plante sie nicht, mit einem Hula-Hoop-Reifen um den Sarg zu tanzen.

Eine Glocke bimmelte. Boris bellte, Mitchs Schwager zischte, zerrte.

Flo warf sich schreiend auf den Boden. Er wälzte sich hin und her. Benz und Sylvia reagierten routiniert.

Draußen nahmen die Sargträger Haltung an.

ICH

vermisse den Duft von frischgemähtem Stadiongras, den Torjubel, der mich mehr umhaut als Kokain. Ich sehne mich nach dem Nervenkitzel, wenn kurz vor Spielschluss noch alles passieren kann. Mir fehlt sogar ein wenig die Traurigkeit nach einer unglücklichen Niederlage.

Helen redet von einer Auszeit, die uns gut täte. Sie spricht von verarbeiten, Abstand gewinnen. Dabei ist sie sowieso kaum noch zu Hause. Sie besucht Vorträge und Kurse, engagiert sich in der Flüchtlingshilfe, geht mir aus dem Weg. Wenn sie dann doch mal da ist, staubsaugt sie die Teppiche zu Tode, putzt Steinschlag in die Fenster.

Seit Weihnachten schlafe ich im Gästezimmer. Letzte Nacht träumte ich, Helen habe was mit Mitch gehabt. Auf unserer Sommerwiese. Ich kam da zufällig vorbei und sah die beiden. Ich wurde von meinem eigenen Geschrei wach. Danach war an Schlaf nicht mehr zu denken.

Ich halte mich auf meinem Rennrad und mit Waldläufen fit. Ein paar Mal war ich kurz davor, Mitchs Schwester zu bitten, mir den Köter ab und zu mal auszuleihen.

Weil Frisör und ich immer noch Vereinsmitglieder sind, nahmen wir an der Versammlung teil. Zwanzig Meter vor der hellerleuchteten Stadthalle wollte ich umkehren, doch ein Lokalreporter erkannte und fotografierte mich. Da gab es kein Zurück mehr. Rot-weiße Fahnen flatterten im nassen Wind.

Ungefähr zweihundert Leute waren gekommen. Ich musste viele Hände schütteln. Einige wollten mich nicht mehr kennen. Ich ignorierte meinen Nachfolger. Autohändler de Fries übersah mich nach Kräften. Er hatte seinen Trachtenanzug zu Hause gelassen, auch auf eine Krawatte verzichtet. Freizeitpullover, ziemlich abgewetzte Jeans. Ein Mann und Mäzen aus dem Volk.

Von den Spielern waren auch welche da. Freundliches Shakehands, Schulterklopfen. Ugur, der schlampige linke Verteidiger, mit dem ich es nie besonders gut gemeint hatte, sagte, ich sei ein guter Trainer. Er vermisse mich. Da musste ich schlucken und den Scheißkerl umarmen.

Eine Party-Band spielte Cocktail-Jazz. Das unverwüstliche *Girl from Ipanema* und hübsche Kellnerinnen mit Röckchen waren im Einsatz. Der Saal war in den Vereinsfarben geschmückt. Einziger Tagesordnungspunkt: die Umbenennung der Rheinland-Kampfbahn in Werner-de-Fries-Stadion.

Der Präsident nahm, um Bescheidenheit bemüht, in der vorletzten Reihe Platz und ließ seine Einpeitscher, Jasager und Jubelperser im Saal und auf dem Podium die Arbeit machen. Die posaunten die Wahlgeschenke aus: ein Torjäger mit Zweitliga-Erfahrung, dazu der 1. FC Köln zum Freundschaftsspiel.

Niemand sprach sich gegen den Antrag aus, alle freuten sich über die Umbenennung, bis sich Frisör wacklig auf die lange Reise zum Mikrofon begab. Nach zwei, drei Worten musste er erst seinen Reizhusten besiegen. Viele lachten. Dann sagte Frisör: »Ich bin dagegen. Mehr hab ich dazu nicht zu sagen, verdammte Scheiße!«

Was dann passierte, hätte ein Dichter vielleicht folgendermaßen beschrieben: Ein Sturm der Entrüstung brandete auf.

Nach der Abstimmung lotste Frisör mich in *Elfi's Bierstübchen*. Es gab drei Gegenstimmen und fünf Enthaltungen zu feiern. Werner de Fries hatte sich eine Träne rausgedrückt, seine schicke, hochbeinige Frau und die blonde Tochter vor die Presse geschoben und von einem Traumergebnis gesprochen, das er sich nie im Leben erträumt hätte.

Wir waren Elfis einzige Gäste. Eine Sängerin sang *Einmal berührt – für immer verführt*.

»Hallo, mein Traummann«, begrüßte die Wirtin, die einen Glücksspielautomaten fütterte, meinen besten Freund. Für mein Gefühl wurde ein bisschen viel geträumt in letzter Zeit.

Frisör hielt sich nicht lange mit Bier auf. Er bestellte Brandbeschleuniger, wie er die harten Schnäpse mit dem bitteren Nachgeschmack nannte. Obwohl ich sie nicht vertrage, wollte ich kein Spielverderber sein. Zusätzlich charterte Frisör noch eine Flasche Magenbitter.

»Quasi flankierende Maßnahme.«

»Wow«, sagte Elfi. »Holst du gerade auf dem zweiten Bildungsweg das Abi nach, oder wie?«

Es wurde gelacht.

Frisör aß drei Kartoffelchips und eine Salzstange zu Abend und verstieß fortwährend gegen das nordrhein-westfälische Rauchverbot in öffentlichen Einrichtungen.

Gegen halb zwei sagte Elfi: »Das Leben ist eine einzige Enttäuschung, hat aber auch seine schönen Seiten.«

Kurz darauf spuckte der Glücksspielautomat ein paar Geldstücke aus.

Irgendwann standen wir auf der Straße, es war eisig, trübe und dunkel, Frisörs Hose rutschte an seinen Storchbeinen herunter. Ich half ihm, den Gürtel enger zu schnallen.

»Werd immer dünner«, sagte er. »Bald kann ich im Zirkus auftreten. Oder im Zoo.«

Mein Stehvermögen war deutlich eingeschränkt, das Schmerzempfinden in meinem Kopf aber nicht. Ich wollte nach Hause. Frisör bestand auf einem Absacker bei Gustav, den er während seiner abstinenten Phase zwischen den Jahren im Krankenhaus kennengelernt hatte.

»Um diese Uhrzeit?«

»Gustav ist Bäcker. Da vorne, neben der Kirche.«

Frisörs Reha-Klinik-Gang. Sein Elektromobil war in Reparatur.

Das helle Licht in der Backstube tat meinen Augen weh. Der Bäcker brauchte weder Kamm noch Haarshampoo. Über seinem Bauch spannte sich eine knielange Schürze. Vor lauter Falten hatte er fast kein Gesicht mehr. Mit seinen Schaufelhänden prügelte er einen Teigbrocken. Er hörte die Rolling Stones. Mick Jagger sang, früher sei sein Girl ein richtiges Flittchen gewesen, doch jetzt habe er sie voll unter Kontrolle, sie fresse ihm aus der Hand. Wie er das geschafft hatte, verriet er nicht.

Frisör wusste, wo der Schnaps stand. Er begutachtete das breitgefächerte Sortiment, entschied sich dann für einen Williamsbirnenbrand. Ich winkte ab, nahm mich aus dem Rennen. Mir war schwindlig. Ich hätte mich gern hingesetzt, sah aber nirgendwo einen Stuhl.

Gustav sagte, demnächst sei Schluss mit dem Laden. Wegen der Großbäckereien, tausend Filialen mit unschlagbaren Aktionspreisen, mache es keinen Sinn mehr. Außerdem komme bei der langen, ungünstigen Arbeitszeit das Trinken zu kurz. Ob ich Interesse an einem Hubkneter habe? An einer Ausrollmaschine, einer Brötchenpresse?

»Gib mir zwei Tage Bedenkzeit«, antwortete ich.

Die Stones jetzt mit *Ruby Tuesday.*

»War ne schöne Zeit, damals in den Sechzigern«, sagte Gustav und arbeitete ein paar Tränen in den Teig ein.

»Unsere war aber schöner, oder?«, sagte Frisör und drückte fest meinen Arm.

MITCH

Da ist schon wieder ein großes Y am Himmel. Die Zugvögel kommen früh zurück in diesem Jahr. Keine Ahnung, ob es Wildgänse oder Kraniche sind.

Vielen Dank an Theo P. Bergs & Jimmy Schüller.

LESEN SIE WEITER

Dietmar Sous
ROXY
144 Seiten, gebunden mit Schutzumschlag
ISBN 978-3-88747-315-0. Auch als ebook

Rafael Seligmann
DEUTSCH MESCHUGGE
288 Seiten, gebunden mit Schutzumschlag
ISBN 978-3-88747-347-1. Auch als ebook

Hans Schefczyk
DAS DING DREHN
192 Seiten, gebunden mit Schutzumschlag
ISBN 978-3-88747-342-6. Auch als ebook

Peter Wawerzinek
BIN EIN SCHREIBERLING
144 Seiten, gebunden mit Schutzumschlag
ISBN 978-3-88747-341-9. Auch als ebook

Hella Haasse
DAS INDONESISCHE GEHEIMNIS
176 Seiten, gebunden mit Schutzumschlag
ISBN 978-3-88747-323-5. Auch als ebook

Miha Mazzini
DEUTSCHE LOTTERIE
160 Seiten, gebunden mit Schutzumschlag
ISBN 978-3-88747-334-1. Auch als ebook

Mukoma wa Ngugi
BLACK STAR NAIROBI
256 Seiten, gebunden mit Schutzumschlag
ISBN 978-3-88747-314-3. Auch als ebook